JN246725

泣き虫ポチ　上

～ゲーム世界を歩む～

ポチ
愛歩の操作する
ゲームキャラクター。
お兄さんB
ゲーム職業：暗殺者
無愛想ながらも
面倒見がいい青年。
いのうえ あゆみ
井上愛歩
振られたばかりのOL。
気晴らしにはじめた
ネットゲームの世界に
トリップしてしまい――？
登場人物
紹介

熊将軍
ゲーム職業：聖騎士
丸太のような腕で
皆を守る強面紳士。
お猫様
ゲーム職業：狩人
思春期真っ最中の
ツンデレ少年。
お姉さん
ゲーム職業：魔術師
お色気たっぷりの
グラマラスな美女。
お兄さんA
ゲーム職業：聖者
爽やか青年。一度
笑い出すと止まらない。

プロローグ　はじまりの一歩

「ずっと貴方（あなた）が好きでした。付き合ってください」

「無理」

彼への一年間の想いは、本人に放った瞬間、たったの二文字で終わりを迎えた。

◆◇◆

鮮やかな色合いに街を染めはじめた木々が秋の訪れを伝える。そろそろ、もう一枚羽織（はおり）が必要だなぁと身を震わせた。

他の街路樹より一足早く色づいた銀杏（いちょう）の葉が、ヒラヒラ舞いながら足元に落ちてきた。普段なら、その可愛らしい姿を見て笑みを浮かべただろう。しかし今日ばかりは、秋らしい素敵な光景に、心を弾ませることもできない。しくしくと痛む心が、自分でもどうしようもないほど深い場所に沈みこんでしまっていたからだ。

カサカサ音の鳴る落ち葉を、おろしたてのブーティーの踵（かかと）でヤケクソのように踏みしめてやった。

履き口のまわりについているビーズが可愛くて衝動買いした、お気に入りの靴だ。

俯いた拍子に顔にかかった髪をかきあげた時、手がバレッタに触れた。これも、秋らしくて一目惚れしたもの。

靴と髪飾りだけじゃない。スカートにジャケット、トップス、バッグ、アクセサリー、タイツ、ネイルのストーンまで——全部全部、お気に入りのものばかりだ。

どんなファッションが似合うかは、自分が一番わかっている。たくさんのアイテムから色を選び、素材を合わせ、とっておきの自分を演出して挑んだ勝負だった。

なのに、私に向けられた評価は、たったの二文字。

『無理』

びゃあああ、と溜息とも悲鳴ともつかない声を吐き出した。勢いのままバレッタを外せば、気合いを入れて巻いた髪が風になびく。そのまま前へ進もうとして、私は土偶みたいに固まった。次への一歩がどうしても踏み出せず、立ち止まってしまう。

夕闇迫る歩道には、家路を急ぐ人たち。彼らに逆らうようにポツンと立ち尽くし、俯いているのは——低身長・低収入・低学歴の、3Kならぬ3Tの井上愛歩、二十四歳である。そんな私は、今朝、通勤時に通る駅のホームで告白劇を繰り広げてきた。

毎朝、電車で見かける名前も知らない男性。彼に恋をしたのはちょうど一年ほど前。今日みたいに、世界が赤や黄色に輝きはじめた秋の日だった。

当時、私はかわりばえのしない毎日に辟易していた。就職したのと同時に憧れの一人暮らしをはじめてみたものの、会社と家を往復する日々。なんとも色のない世界に来てしまったものだと、ただ与えられる日々を黙々と消費するだけだった。憧れとは真逆のふわふわ漂うだけの生活にさっさと見切りをつけて、実家に逃げ帰ってもいいかな、なんて思いはじめていた頃に……

『彼』を見つけた。

車窓に映る、ただ赤と黄色を散らしただけだった街並み。それが彼の背景になっただけで世界一綺麗な景色になった。そしてそれ以上に美しい彼に、吸い寄せられるようにコトンと心が落ちたのは、とても自然なことだと思えた。

彼は、潤(うるお)いのない私の日常に現れた救世主だったのだ。

彼に会うために毎日会社へ通った。

彼を見かけると元気が出た。彼を思い出せば笑顔で人に接することができた。

彼がいるだけで無色だった私の世界は輝きはじめた。彼を好きなだけで、いくらでもがんばれると本気で思っていた。

名前すら知らない男性なのに。

歩道で立ち止まっていた私は、ぐすんぐすんと鼻をすすり、重い足をなんとか前へ踏み出した。

まわりの人たちは、人目も憚(はばか)らずに泣いている私と一定の距離を取って歩く。私だって、街中(まちなか)で号泣しながら歩いている人物を見たら、同じようにするだろう。下手に声をかけて、面倒事に巻きこまれては大変だ。

ささくれた私の心にとどめを刺すように、冷たい秋風が吹いた。

私は鼻をすすって、歩き続ける。こんなに涙が溢(あふ)れてくるのは、恋に破れただけでなく、友情にも失望したからだ。

一年分の彼への恋情(れんじょう)を、誰より深く知っていたはずの親友。

私は週に一度、彼がどれほど格好いいか、どれほど美しいか、どれほど色気があるか、どれほど彼に触れてほしいか、千文字以上のメールで伝えていた。

それに対し、彼女はいつも思いやりのある返事をくれた。そりゃ、単語が二つぐらいの、十文字にも満たないメールばかりだったけど。それでも、私は嬉しかったのだ。

憧れの彼に振られてしまった私は、昼休み、会社のトイレで彼女にメールを送った。部署に戻る時には、平静じゃないといけない。だから、号泣したいのを我慢して我慢して……だけど、こぼれてしまった涙で視界がにじむ中、震える指でメールの送信ボタンを押したのだ。

彼女はきっと私の気持ちを理解してくれて、一緒に涙してくれるだろう。『辛かったね、今日飲みに行く？　話でも聞こうか？』なんて十文字以上の返事をくれると信じていた。なのに！

彼女から返ってきたのは、『南無(なむ)』の二文字。

南無って何。南無妙法蓮華経(なむみょうほうれんげきょう)？　なんでいきなりお経なの??　私、振られたからってお寺に駆けこもうなんて思ってないよ？　それとも、もうこれが最後の恋だろうから潔(いさぎよ)く剃髪(ていはつ)して出家しろってこと??

意味のわからない二文字の言葉に、私はずたずたに打ちのめされた。

告白の返事が二文字なら、慰(なぐさ)めの言葉も二文字。私には、きっと二文字分ぐらいしか価値がないんだ。思い出すだけで、ぽろぽろと涙が溢れてきた。

——見つめているだけで充分だった。同じ電車に乗っているだけで幸せだった。

だけど、ついそれ以上を望んでしまった。見つめてほしい、名前を呼んでほしい、手を引いてほしい、頭を撫(な)でてほしいと。

そうだ、なら告白しよう！　なんて思い立ったのは昨夜のこと。そして決行したのは、今朝。

誰がどう見ても、思いつきの行動である。もちろんながら結果は散々で、あっぱれ見事に木っ端(こっぱ)微塵(みじん)のこーなごな。

よくよく考えれば、結果なんてわかりきっていたのに。いや、よくよく考えなくても、わかりきっていたのに。想いを伝えたい、伝えたらきっと……恋する乙女真っ最中だった私は、そんな妄想ばかりしていた。

……私のこの甘ったれた恋には、やっぱり二文字で充分なのかもしれない。

涙と一緒に「はぁ」と溜息(ためいき)を一つこぼし、私はゆっくりと家路をたどった。


一人暮らしをしているマンションの部屋に帰りつくと、ドアノブにレジ袋が引っかけられていた。オートロック式のエントランスを開けられる人間は、限られている。件(くだん)の親友にも解除番号を伝えていたことに思い当たり、私のテンションは急速に跳ね上がった。彼女は、飴(あめ)と鞭(むち)の使い分けが上手なのだ。先ほどは厳しいメールが送られてきたものの、レジ袋には私を励ます何かが入っているに違いない。思わず、にまにまと頬が緩む。

部屋に入り、待ちきれませんとばかりにレジ袋を漁(あさ)ると、某コンビニで売っている数個のデザートと、B5サイズの箱が入っていた。加えて、親友の整った文字が並ぶメモ用紙が一枚。

『気晴らしにどうぞ』

箱を見ると、表には綺麗なアニメの絵。ファンタジーに出てきそうな騎士様や魔法使いの少年少女たちが、色鮮やかに描かれていた。ある者は燃える剣を掲げ、ある者はぶかぶかのローブを羽織(はお)っている。

「え？　ゲーム？　私に？」

ゲームと名のつくものは、落ちてくるブロックをくっつけて消すパズルゲームぐらいしかやったことがない。もちのろんで、テレビに接続して使うゲーム機本体なんて持っているはずもなく……だけど、その心配は杞憂(きゆう)に終わった。注意書きによると、どうやらパソコンで遊べるゲームらしい。パソコンなら仕事で使うから少しは使えるし、私も一台持っている。

ゲームの箱には、新品を証明するかのように透明のフィルムがついていた。ゲームに不慣れな私ではあるが、失恋した私のために親友が買ってきてくれたものを放置する気にはなれない。何か熱中できるものがあれば、辛さもまぎれるかもしれない。

私は本当に面白みのない人間で、没頭できる趣味の一つも持ち合わせていなかった。そのため仕事以外の時間は、ずっと『彼』のことを考えていても支障がない。そして恋にのぼせていた私は、それを実行してしまうほど乙女チックな奴だった。

「やってみますかぁ」

私は泣き腫らした目を擦り、パソコンを起動してゲームの箱を開ける。しかし——

説明書の通りに操作しているはずなのに、〝インストール〟というものが上手くいかない。

奮闘したものの、その日はインストールができないままに終わった。

そして翌日。やはり苦戦してインストールはならず……

結局、ゲームを開始するまでに三日もかかってしまった。

その後さらに、キャラクターを作成するのに一日を丸々費やした。

なんとこのゲーム、操作キャラクターの見た目を、自分で好きなようにカスタマイズできるらしい。最近はこういうゲームが多いのかもしれないが、ゲームに疎い私が知っているキャラクターといえば、赤や緑の帽子をかぶった配管工に、まあるいピンクのゴムマリみたいな生き物くらいなものだ。だから、ゲームを起動した後は驚きの連続だった。

キャラクターは、顔まで変えられるらしい。目の色や大きさ、鼻の高さを変更して、唇も薄くした。すると、バリッと親父さん風だったキャラクターが、どことなく中性的な男の子に見えるようになった。

本当は女の子を作りたかったのだが、どうやらその選択肢はないらしい。

まぁ、それもそうか。男の子のキャラクターだけでこんなに作りこめる仕様なのだ。女の子も、となるとゲームの制作会社の手が回らないよね——なんて知ったかぶってうんうんと頷いた。

仕上がりに満足し、私はゲームを保存してパソコンを閉じた。続きは明日、仕事から帰ってきたらやろう。

このゲームをもらい、少しずつ元気が出てきた。ゲームをしている間は、彼のことを考えなくていいからだ。

私と彼は、同じ路線を利用している。気をつけないと通勤時に姿を見かけてしまうので、私の心が落ち着くまで乗車する時間や車両を変えることにした。

そうそう、親友にゲームのお礼メールを送ったら、簡潔な返事が来た。

『楽しかったら、一緒に遊ぼうね』

親友がくれたゲームはオンラインゲームといって、ネット回線を通じて彼女とも遊ぶことができるらしい。一人で自宅にいても、親友と遊べるなんて――一生、彼女についていってもいいと思った瞬間だった。

次の日、私は少しばかりワクワクした気持ちで就業時間を過ごした。そして定時のチャイムとともに「お疲れ様でした」と頭を下げて帰る。

今日は、自炊する時間がもったいない。ほかほかご飯で有名なお弁当チェーン店でしょうが焼き弁当を買うと、そそくさと家に帰ってパソコンを起動した。

「ただいまー！　ポチ！」

昨日作成したキャラクターには、ポチと名づけた。

実家で飼っている、齢十四になる愛犬の名前だ。

「さぁ、冒険のはじまりだー！」

しょうが焼きを口に放りこみ、咀嚼しながらマウスを動かした。ディスプレイに表示された「ポチ」にカーソルを合わせて、ダブルクリックする。

その瞬間、画面から眩い光が噴き出してきた。あまりの眩しさに、驚きより先に痛みを覚えた私は、ぎゅっと強く目を瞑った。

第一章　混乱の二歩目

肌に、かすかな風を感じる。

椅子に座っていたはずなのに、私はなぜか地面に座りこんでいた。

地面に触れている内腿（うちもも）が妙に熱い。焼けた鉄板の上に座っているような、蒸（む）されたおこわの上に座っているような……はじめての感覚だった。

私は強く瞑っていた目を、恐るおそる開いていく。

——目の前の光景を、どう表せばいいだろう。

私はしばらくの間、呆然としてしまった。あまりの事態に、開いた口が塞（ふさ）がらない。

砂漠を見たことのない私だってわかる。ここは、砂漠だ。

平らな地面、緩やかな砂地、照りつける太陽。見渡す限り黄金色（こがねいろ）で、溜息（ためいき）が出るほど美しい。およそ目にしたことがないほどの絶景だ。

乾いた風が、頬を撫（な）でていく。

しばらく放心したように砂漠を見つめていたが、ふと手に何か握っていることに気づいた。

硬い感触に加えて、ずいぶんと重い。長時間持っていれば、それだけで負担になりそうだ。

私は首だけをゆっくり動かして、手元に視線を向ける。

私の視界に、抜き身の刀身が映った。鈍く光るそれは、太陽の光をギラギラと反射している。どう見ても、短剣だ。

「え」

私の呟きは、誰もいない広大な砂漠に呑みこまれた。

私はなぜ、こんな物騒なものを持って、こんな場所に佇んでいるのだろうか。

この状況は、現実離れしすぎている。私は混乱しつつ、ファンタジー映画に出てきそうな景色と、手にした短剣を交互に見た。

混乱極まっている私の頭に、するりと一つの答えが浮かぶ。

「え、あれ。あ、そっか。これ、ゲームか！」

最近のゲームはキャラクターを作成できるだけでなく、その世界に意識ごと入りこめるようだ。なんという完璧な現状把握！

インストールとキャラクター作成については説明書を読んだが、ゲームの進め方についてはまだ目を通していない。きちんと読んでいれば、この事態に混乱することもなかっただろう。

武器を持つ自分の腕は、二十四年間慣れ親しんだ、ひ弱な体ではない。こんなに簡単にゲームに入れる時代が来るなんて、びっくりだわね。そんなことを思いながら立ち上がり、短剣を持ち上げてみる。

……重い。とてつもなく、重い。

遠心力のおかげで振ることはできるが、それだけである。華麗な剣さばきで、舞うように戦えるわけではない。

……生き物に危害を加える可能性があるものを、こんな風に振りまわしたのは生まれてはじめてだった。

だが、これもゲームなのだ。

それに、周囲に人の気配も感じられない。誰かに怪我をさせる心配はないだろう。

ひとまず自分が怪我をしないように気をつけていれば大丈夫、と短剣を両手で胸に抱えた。

「んーと、これで敵を倒せばいいのね？」

いまいちゲームの趣旨（しゅし）を理解していないのだが、おそらくそうに違いない。

敵を倒して進んでいけば、そのうち親友にも会えるだろうか？

キョロキョロ首を動かしてあたりを見渡すと、視界の端に動く黒い物体が映った。子犬ほどの大きさのアリに見える。

「砂漠にアリ……にしても大きい……」

アレがいわゆる敵なのか。

配管工が登場するゲームにも、いるものね。亀（かめ）とか、きのことか。あのアリを踏んづければいいのだろうか。

試しに踏んづけてみた。ぐにょ、とした感触がして背筋に悪寒（おかん）が走る。

アリは潰れたかと思うと、そのままシュウシュウ煙を立てて消えていった。

よかった。潰れた姿が残っていたら、本当に殺生（せっしょう）をしているようで気分が悪い。

これはゲーム、ゲームなんだ。うん、よし。

踏みつけた時の感触は、もう二度と味わいたくない。そこで次のアリは、手に持っていた短剣でサクッと刺してみた。上から一突きだ。それだけで事足りたのか、アリは再びシュウシュウ煙を立てて消えた。

しかし、今度はさっきと違うことが起きた。アリの消えた場所に、小さな物体が落ちていたのだ。

「アリの落とし物？」

働きアリだったのかもしれない。なんだか少し可哀想な気がしたが、ここは心を鬼にする。

これも、親友と一緒に遊ぶためだ。

あの親友に『すごーい！　こんなに強いなんて、さすがポチ様！　頼りになるわ！』と言わせるのだ。いいや、言ってもらう……ううん、言っていただくのだ。

そのためにも、アリには犠牲になってもらわなくてはならない。すまん、とアリに頭を下げつつ、腰に下げていた革袋に落とし物を押しこんだ。

三匹、四匹、五匹――とサクサク刺していくうちに、最初に降り立った場所から随分と歩いた。

しかし、疲れは微塵も感じない。

ゲームだからだろうか。とてもありがたい、と短剣を握り直す。慣れてきたのか、最初よりも少しは扱いに慣れてきた。

この砂漠を歩いていて、わかったことがある。

ここは広いけれど果てがないわけではなく、まっすぐ歩いていると端っこがあるのだ。そこには、光る輪っかのようなものが浮かんでいる。ただ、とてもじゃないが入る気にはなれなかった。

その輪っかに入れば、おそらく今よりも強い敵が登場するのだろう。

どんな検定も、級が上がるごとに問題は難しくなる。ブロックを組み合わせて消していくゲームだって、ステージが変わると、ブロックの落ちてくる速度が上がる。このゲームにも、同じ法則が当てはまるに違いない。

私は、まだアリで満足である。よって、この安全な場所から飛び出す勇気も動機も持ち合わせていなかった。

ええい、持ち合わせていないったら、持ち合わせていない。

私は輪っかを意図的に無視した。

ここら一帯にはアリしかいないようだ。私は、サクサクと自分のペースでアリを刺していく。ありがたいことに、向こうから攻撃してくることはなかった。

腰に下げている革袋は、結構な数の落とし物を入れたにもかかわらず、満タンにはならなかった。

某猫型ロボットのお腹についているポケット的な仕組みなのかもしれない。

夕方になり、空が暗くなりはじめた。

肌寒くなってきたが、防寒具もなければ火をつける道具もない。体を動かしていれば寒さを軽減できるはずだと、とにかくアリを刺し続けた。疲労しない体でよかった、と心から思う。

とはいえ、体は疲れなくとも時間は経過する。

気づけば、あたりが暗闇と静寂に包まれていた。

これまで特に騒がしかったわけではないが、生物の活動する気配はあったし、何かしらの物音がした。なのに今は、まったくの無音。私は怖気づいて、身震いした。

砂漠の夜は本当に真っ暗で、月明かりがわずかに足元を照らす程度だった。それに、先ほどよりも一段と空気が冷えている。

その時ふと、あることに気づいた。

このゲーム、どうやって終わらせたらいいの？

寒いなら、家に帰ればいい。つまり、ゲームをやめればいいのだ。

だけど、その肝心のゲームの終わらせ方がわからない。

一つのステージでアリを百匹倒すと、クリアできて帰れる——とか。そういうゲームなのだろうか？

いや、正確な数は把握してないものの、百匹はゆうに倒したはず。

それとも、あの光る輪っかをどんどんくぐっていって、すべてのステージをクリアしなければ帰れないとか……そういうゲームなの？

不安が募り、体がいっそう冷えていく。寒くて寒くて、私は腕をさすりながらしゃがみこんだ。

寒い、怖い。

そういえば、ずっと一人だ。アリ以外に、動くものを見ていない。鳥の鳴き声はするのに、姿を見ることはなかった。かなりの距離を移動したのに、誰ともすれ違っていない。その事実に、愕然とした。

このゲームは、ネット回線を通じて他の人とも遊べるんだよね？

だったら、どうして私しかいないんだろう。もしかして、あまり人気がないゲームなの？

それとも、他の人は別の場所にいるとか？

これから、どうしよう。何をすれば、ゲームを終わらせられる？

ガタガタと体が震え出す。

終わり方のわからないゲームなんて、はじめるんじゃなかった。ううん、そもそもちゃんと説明書を読んでおくべきだったのだ。

自分の迂闊さが、ほとほと嫌になる。

いつも物事を深く考えずに行動してしまう。まわりの人に、オツムが弱いと言われる所以だ。

……まさか、ずっと一人ってことはないよね？

その可能性に気づき、凍えた手足よりもずっと肝が冷えた。

このまま誰とも出会わず、アリとともに暮らしていくとか……。こんなことなら、アリを殺すんじゃなかった。そしたら、友達になってくれるアリだっていたかもしれない。……いいや、仲間を殺した人間と友好的に話をしてくれるアリはいないか。

幸いなことにお腹は空かないけど、寒さには耐えられそうもない。夜は寒さに凍え、昼は灼熱の太陽に焼かれ、私はきっとぼろ雑巾みたいに干からびていくのだろう。

鼻がつんとして、視界がにじむ。

私は、体を丸めてうずくまった。強く、強く心を持たなければ。孤独に負けないよう、自分に言い聞かせる。

だけど、いくら体に力をこめたところで、震えは止まらない。

私はこんなに寂しい場所で、ひとりぼっちで、誰にも知られることなく干からびていくのか。

不安が膨らみ、体が氷のように冷たくなっていく。

恐怖が私を塗りつぶしそうになっていた、その時――

真っ暗な闇の中、視界の端にかすかな明かりが映った。

「君、大丈夫？」

優しいその声は、冷え切っていた体にじんわりと染み渡る。

心の底からの安堵、というものを生まれてはじめて感じた。心臓からじんわりと、体のすみずみ――指の先の毛細血管一本一本にまで温もりが伝わっていき、思わず涙がにじんだ。

今の私は、親友が言うところの『涙腺が崩壊した』状態に違いない。どういった時に使うのだろうと不思議だったが、今こそ、その言葉を使うべき瞬間だと思う。ついでに言うと、鼻水の防波堤も決壊していた。

この広い砂漠で、ようやく出会った〝人〟。絶対にその人の手を離してはいけないと、本能が訴える。目の前に現れた人物に、私は藁にも縋る思いで飛びついた。

「お、おにいざんんんんんんん!!　こ、この、ゲームの、終わりがた、おじえでぐだざいいいいいいいいいいいい!!」

涙と鼻水が、どばどば溢れる。いろんなもので ぐしゃぐしゃになりながら抱きついた私を、藁――もといお兄さんは危なげなく受け止めてくれた。

しばらくして気づいたのだが、私の前に現れたお兄さんは二人いた。

「君、大丈夫？」と声をかけてくれたのは『お兄さんA』。彼はじっと私を見つめた後、なぜか腹を捩って大笑いしはじめた。

一方、私が抱きついたのは『お兄さんB』。顔をしかめてこちらを見下ろしている。

私と同様、二人が身にまとっているのはTHE・ファンタジーという衣装だった。

およそ今までの二十四年間の人生でお目にかかったことのない服を、私はしげしげと眺める。

お兄さんAは、全体的に白かった。ゆったりとしたローブのようなものを羽織り、頭には、まるでローマ教皇が着用されているような帽子をかぶっていた。もっとも、暗い砂漠では彼の灯していたるわずかな明かりだけが頼りなので、ぼんやりとわかる程度だ。

清廉な雰囲気に、穏やかな声。「善い」か「悪い」でたとえるなら、間違いなく「善人」と言えそうな人物である。……いまだ無礼なくらい、大笑いし続けていたとしても。

対照的に、お兄さんBは真っ黒だった。全身黒ずくめだ。お兄さんAの明かりがなければ、見つけることができなかったかもしれない。

特筆すべきは黒いところだけかなー、なんて何気なく彼の顔を見た瞬間、私は平伏したくなった。オレンジ色のほのかな明かりに照らされたその顔は、素晴らしく綺麗で艶っぽかった。

どうがんばれば、こんなイケメンを作れるのか。キャラクター作成に一日も費やした平凡なポチの顔を思い出し、私は少ししょげた。

そういえば、どこかで見たような顔だ。彼の美しい顔を眺めながら首を捻る。もしかしたら、人気の芸能人を参考にして作ったのかもしれない。

考えてみたら、キャラクターデザインを自由に決められるゲームで、わざわざ不細工にすることはあまりなさそうだ。

お兄さんAもお兄さんBも、拝みたくなるほどの大層なイケメンである。

二人は、衣装の色だけでなく表情まで対照的だった。先ほどから壊れたみたいに笑い続けているお兄さんA。怒っているのか心配になるほど、眉間に深く皺を刻んだお兄さんB。

お兄さんBは仏頂面を隠すように、首から顎にかけて黒いスカーフを巻いていた。それがどことなく悪人を連想させて、私は彼に抱きつきながらも震え上がる。

しかし、この手を離してまた一人ぼっちになるのは、絶対に嫌だった。お兄さんBの服を握る手に力をこめた。

お兄さんBから不機嫌なオーラが漂ってきたが、お得意の鈍感なふりで綺麗さっぱりスルーした。

……それにしても、人肌はやっぱりあたたかい。暖を求めて彼の胸に頬を擦りつけた時、何やら冷たいものに触れた。不思議に思って少し顔を離せば、彼の着用しているスカーフに、私の涙と鼻水がべったりくっついているではないか。

私は卒倒しそうだった。一瞬にして、血の気が引いていくのを感じる。

こんなに不機嫌な彼に、なんてことを……。小刻みに体が震え、堪えきれず涙がこぼれた。見上げると、お兄さんBは先ほどと寸分変わらない表情で私を見下ろしている。

私の怯えように、お兄さんBが長い溜息をついた。軽く肩を押され、言外に離れろとほのめかす。私は蚊の鳴くような声で謝罪し、ほんの少しだけ下がった。けれど、彼の服の裾を握ったままの私の手を見て、お兄さんBは先ほどよりも眉間の皺を深める。

お兄さんBは私の涙と鼻水で汚れたスカーフを面倒くさそうに剥ぎ取り、腰に下げていた袋の中へ乱暴に押しこんだ。その粗野な態度に、私はびくりと震えてしまう。この人、あんまり得意じゃないかもしれない。でもまぁ、それでも離れてやるつもりは毛頭ないんだけど。

そんな私たちを見て、お兄さんAはさらに大笑いした。体をくの字に曲げ、目には涙まで浮かべている。目元を拭った彼の指は、そこらへんの女性より細くて綺麗だった。羨ましくってやんなっちゃう。

いつまで経っても笑い続けているお兄さんAを、キッと見つめる。こちらは恐怖で涙がちょちょぎれそうなのに、ひどい話だ。

「ははっ……ごめんね……っふぅ、こんばんは」

ようやく落ち着いたのか、お兄さんAが口を開く。

「あ、どうもこんばんは」

思いがけず常識的な挨拶をされ、私は慌てて頭を下げた。すると、噴き出すのを堪えるように、お兄さんAが話を続ける。

「このゲームの終わり方ね、ははっ。ま、まず、はっ、手元のキーボードのＥｓｃキー、わかる？」

「え」と思わず声が漏(も)れた。

お兄さんＡは当たり前のように『手元のキーボード』と発言した。しかし、ここにいるポチ――つまり私の手元にキーボードはない。この数時間のうちにすっかり手に馴染(なじ)んだ短剣が一本、鈍(にぶ)く光っているだけだ。

あれ、これ、やばくない？

私は不安になって、お兄さんＢの服を強く握りしめる。

「Ｅｓｃキーを押したら、画面の上に〝ログアウト〟ってアイコンが出てくるでしょ？　そこをクリックすれば、終了できるよ。オートセーブだから、この場でログアウトしてかまわないし」

にっこりと、大変爽(さわ)やかな笑みを浮かべて説明してくれたお兄さんＡ。彼は、さぁどうぞとばかりに手を軽く振った。

「あ、あああありがとうございます。後でやってみます」

ログアウトやオートセーブといった、聞き慣れない言葉については置いといて。

私は涙のかわりに、大量の汗を流しはじめた。

ようやくゲームを終わらせることができると安堵したのに……ありもしないキーボードのＥｓｃキーを押すことはできない。でも彼らにそれができるなら、私だけが異常事態に陥(おちい)ってるってことなんじゃないだろうか？

再び不安が募(つの)り、体が震えそうになる。だけど、お兄さんたちにこれ以上は何も尋ねられない。

だって、せっかく一人ぼっちじゃなくなったのに、私が異質だと思われたら、二人に置いていかれてしまうかもしれない。

「うん？　ログアウトしたくて、泣いてたんじゃないの？　試しにやってみたらいいよ」

優しく尋ねてくれたお兄さんAに、私は大慌てで首を横に振る。

「いえ、後でやってみます。大丈夫です、ちゃんとできます」

どうにも、視線が泳いでしまう。お兄さんAは、私を追いつめるように顔を覗きこんできた。

「ここで見ててあげるよ」

うっ、美形はそれだけで破壊力があるんです。至近距離で見つめないでください。

「だだだだだだいじょうぶです。ほんとうに、だいじょうぶですので！」

日本語の『大丈夫』ほど便利な言葉はないと思う。

わざわざ見ててもらわなくても大丈夫、教えてもらった方法を理解したから大丈夫、自分は平気なので大丈夫——と複数の意味をこめられる。

頭の中身が綿菓子みたいに軽い私が多用する言葉である。

私の慌てっぷりを見て、お兄さんAはぷっと噴き出した。そしてまた体をくの字に曲げ、腹を抱えて大笑いしはじめる。

そんな彼に呆れた視線を向けたお兄さんBは、ついに口を開いた。

「もうやめてやれ。おい、お前もゲームから出られなくなった人間だろ？」

「…………へ？」

ゲームから出られなくなった？

「あの、やっぱりこれって、こういう体感ゲームじゃないんですか？」

そう呟いたとたん、お兄さんAは爆笑し、彼の顔面は崩壊した。

◆◇◆

「ただいま、見つけてきたよ」

お兄さんAが明るい声でそう言うと、少年独特の少し高い声があたりに響いた。

「おっそい！　どこにいたんだよ、最後の一人は！」

「んー、砂漠でアリと死闘を繰り広げてた？」

そう答えたお兄さんAに、今度は鈴を転がすような女の人の声が聞こえる。

「……アリ？　アリって、あのアリのこと？」

「はぁ!?　レベルいくつなわけ……」

少年が呆れたように言うと、穏やかで優しげな声が続いた。

「うーん、それは戦力になりそうにないかなぁ」

お兄さんたちに案内された場所で待っていた三人は、それぞれの反応をした。

彼らの賑やかな声が聞こえるが、それより私は目の前に広がるファンタジー全開な街並みを観察するのに夢中だった。

あの後、砂漠から脱出すべく、お兄さんAは魔法で光の環を創り出してくれた。それをくぐり抜けると、一瞬のうちに、石畳の道に煉瓦の建物がひしめく街に降り立っていた。中世ヨーロッパをモデルにしたような、とてもレトロで趣がある、テーマパークみたいな景色だった。街道に設置された明かりはあたりを煌々と照らし、今が夜中だということを忘れさせた。

この明かりは魔法で灯されているらしい。注意して見てみれば、街のいたるところに魔法がかけられているみたいだった。

すぐ側にある広場の中央には、綺麗な放物線を描く噴水。だけど、水の色が違う。虹色に輝く水流は美しく、とても神秘的だった。

噴水のまわりにはランタンのようなものが支えもないのに宙に浮き、不可思議に色を変える炎がゆらゆらと揺れている。

幻想的な光景に、思わず溜息がこぼれた。

お兄さんAいわく、ここはゲームの舞台となる国の首都らしい。けれど、この美しい街には人の姿が見られない。閑散としていて、ひどく寂しかった。

――異常事態。端的に現状を表すには、この四文字がもっともふさわしい。

砂漠からここに来るまでの間、少しばかり状況説明をしてもらった。

本来、このゲームはパソコンの前に座り、キーボードを使ってプレイするものらしい。

「やっぱり変だと思ったんだ」と、私はうんうん頷いた。そんな私の反応を完全に無視し、お兄さんAは説明を続ける。

どうやら私たちは、なぜかこのゲームに閉じこめられているらしい。

私と違い、ゲーム玄人(くろうと)である他の人たちはその異常事態にすぐに気づいた。他にも同様の事態に陥(おちい)っている人がいるかもしれない――それぞれがそう考え、ゲーム内でよく待ち合わせに使われている首都へ向かった。首都はゲーム内で一番多くのサービスを受けられる場所でもあるため、何か脱出の手掛かりがあるんじゃないかと踏んだのだという。

同じことを考えていた五人は見事に合流。経過を報告し合い、現状を把握した。

サービスの一つでゲームをプレイしている人数を確認できるものがあり、計六人が閉じこめられていることを知った。しかしここで問題が起きる。首都に集まっていたのは、五人だったのだ。

しばらくは最後の一人である私を待っていてくれたが、いくら待ってもやってこない。どこかで動けない状況にでもなっているのかもしれないと、五人は探索に出かけることにした。

手分けをして、主なダンジョンや街をくまなく探す。

しかし、どうやっても見つからない。

強い敵がわんさかいる、高レベル者向けのダンジョンも捜索したと聞いた時、私は身震いした。もし最初に降り立った場所がそこだったら……ゲームをはじめた瞬間、人生が終わっていただろう。

砂漠で、そしてアリで、本当によかった。

五人はあらかた探索した後、まさかと思いつつ、低レベルなキャラクターを育成するためのフィールドを探すことにした。そこで、アリと死闘(しとう)を繰り広げている私を見つけた――というのが、これまでの経緯らしい。

お兄さんAは、時折大笑いしながらも、丁寧に説明をしてくれた。しかし、正直なところ、私はあんまり理解できていない。思い出してほしい。私はパズルゲームしかしたことがないということを！

自信満々にはてなマークを量産していると、お兄さんBには呆れと憐（あわれ）みに満ちた目を向けられた。とはいえ、そんな視線には慣れている。

ゲーム初心者な上に頭の中身が綿菓子みたいに軽い私には、現状を正しく理解するのは到底無理だし、ましてや打開策なんて絶対に浮かばない。だから、もうここは平身低頭して皆さんに丸投げしてしまう気満々なのである。

お兄さんAから『最後の一人を見つけた』と連絡を受け、首都で待っていてくれた三人。彼らもやはり、ファンタジー映画を連想させるような、個性的な格好をしていた。

美しい街並みをじっくり堪能した私は、あらためて三人に目を向ける。

そしてそのうちの一人に、目が釘付けになった。露出狂（ろしゅつきょう）といっても過言ではないほどの格好をしていたのだ。豊満な肉体美を惜しげもなく披露（ひろう）し、胸元にはなんとも羨（うらや）ましい大きなまぁるいメロンが二つ……

「お、おっぱいが！　おんなのひとがいる～～!!」

思わず私は、その女性を指差して叫んでしまった。

「第一声がそれでいいの？　ねぇ、それでいいの？」

お兄さんAが、再びお腹を抱えて笑いながら言う。

女性は不愉快そうに眉根を少し寄せたが、すぐに妖艶(ようえん)な笑みを浮かべた。そして肉感的なボディを見せつけつつ、こちらに詰め寄ってくる。

「なぁに、ぼうや。女がいたらおかしい？」

「いいえ、そんなことありません、女王陛下。大変素晴らしいダイナマイトボディで、眼福(がんぷく)でございます」

すぐ傍にいるこの美女を抱きしめて、マシュマロみたいな体をむぎゅむぎゅしたかった。心の赴(おもむ)くままに、満足のいくまでむぎゅむぎゅしたかった。

しかし美女が言った通り、今の私の体は『ぼうや』なのだ。実行すれば、確実に犯罪者となってしまうだろう。

美女の衣装にもお胸のサイズにも驚いたが、それ以上に驚いたのは、『女』という性別を選択できたことだ。一日も費(つい)やしてキャラクター作成したことを軽く自慢に思っていたが、いたずらに時間を使っていただけらしい。まさか、女性キャラクターを選べただなんて。

おかしいと思ったんだよ！　男しか選べないなんて！

……いいえ、嘘です。思っていませんでした、本当にすみません。

ああ、私も豊満なおっぱいをぽよんぽよんできるキャラクターを作りたかった！　リアルでは胸元が控えめな分、ゲームの中で夢を見て何が悪い！

いいな、ぽよんぽよんおっぱい。せめて触らせてもらえないかな。

物欲しそうな目をしていたことがばれたのだろうか。

お兄さんBに頭を軽く小突かれた。彼の鋭い目が怖かったので、さっと視線を外して『気をつけ！』の姿勢を取る。

「なぁ、あんた。レベルはいくつなわけ？」

「とんだエロガキじゃんか」と呆れと嫌悪の表情を浮かべた少年が鋭い視線を向けてきた。彼はお兄さんたちよりも、少し幼く見える。十五、六歳の少年といった風貌で、身体的にはポチと似ている。しかし、ポチとはまったく違う特徴があった。頭の上にぴょこんと出ている、ふわふわの獣の耳。三角形でとんがっているその耳は、猫の耳によく似ている。黒くて艶やかな毛並みが、触って触ってと私を甘く誘惑する。

この耳は、装飾品か何かだろうか。もしくは、キャラクター作成時に性別だけでなく、種族みたいなものまで選べたのかもしれない。

可愛らしいお耳は、彼が話すたびにピコピコと動く。誘惑に負けそうな私は、いわずもがな愛らしい耳に目が釘付けだ。

……と、いかんいかん。目の前の可憐なお猫様が怪訝そうな表情をしている。

先ほどの彼の質問に答えようとした私は、ふと首を傾げた。

「ええと、れべる？」

そういえば、お兄さんAの説明にもそんな単語が出てきた気がする。

「レベルの意味も知らないって……初心者どころの話じゃないだろ……」

唖然とした顔で呟くお猫様に、私は○円にすらならないお愛想スマイルを振りまく。うふふ。

すると、ますます呆れたような、鋭い視線を向けられた。

「レベルというのは君の強さだよ。一からはじまって、ここにいる人たちは大体九十前後だ」

そんな穏やかな声に誘われて横を向いた私は、そこにいた恐ろしげな人物にヒッと息を呑む。

見上げるほど背が高いその人は、角ばった輪郭に、日本人離れした彫りの深い顔をしていた。頬に走る大きな傷と、厳つい顔つき。

そして、銀色に鈍く光る、頑丈そうな鎧を全身にまとっていた。

体格はものすごくがっしりしていて、筋肉が鎧を着て歩いているようにも見える。二の腕は、私の腿ぐらい太いかもしれない。まるで熊だ。ファンタジー映画などに出演していたら、確実に将軍クラスだろう。

しかし、落ち着いてよく見れば、眦は優しく下がっているし、太く立派な眉は八の字を描いている。一見強面な上に、ものものしい鎧を身に着けているから恐ろしく感じたが、実はいい人なのかもしれない。彼の優しげな雰囲気に、私はへらりと頬を緩めた。脳内には、鎧を着たテディベアが浮かぶ。こんなに優しい声を出す人、怖いはずがない。

「よしよし。お兄さんが説明してあげよう」

熊将軍の後ろからひょっこり顔を出したお兄さんAが、解説を買って出てくれた。

「レベルっていうのは、君が強くなったことを示す数値。こういうゲームでは、重要なんだよ。強くなれば体力や精神力が増えるだけでなく、身体的な能力、使用できる技、装備できるアイテムが増えていくし、スキルを覚えることもできる。あ、スキルっていうのは特殊な能力のこと。戦闘なんかで使うと、精神力が消費される」

「えっと、有名な配管工が手から出す、炎みたいなやつですか？」

「うん？　ああ、赤い帽子の配管工ね。うん。そういう直接的なものもあるし、間接的なものもある。たとえば足が速くなるスキルとか、魔法を上手に唱えることのできるスキルとか。説明しだすとキリがないほど種類が多い……けど～。まぁその分じゃ、職業も把握してないだろうからねぇ。そういう話は、おいおいしていこう」

「も、申し訳ないです……！　また今度でお願いします……！」

お兄さんAは、早々に話を切り上げてくれた。きっと、私の頭が大量のはてなマークで埋め尽くされているのを察してくれたのだろう。

私たちの様子を見ていたお猫様が、苛立ったような声を上げる。

「チュートリアル、やっただろ。馬鹿すぎて呆れる」

「ちゅーとりある？　芸人さんですか？」

再び知らない単語が出てきた。ここまで知らないことだらけだと、さすがに申し訳なさでいっぱいだ。知らなくても知っているふりをしたほうが、彼らに負担がかからないんじゃないだろうか。

真面目にそう考えていたら、ふと視線を感じた。熊将軍が、真剣な表情で私の足元を見つめている。まさか、敵でもやってきたのだろうか。慌てて足元を見たが、そこには何もいなかった。

首を傾げつつ、内股になっていた足をさりげなく戻す。危ない危ない。いくら外見は男の子だとはいえ、内股で立っていたらオカマさんに見られてしまうかもしれない。

気を取り直して熊将軍に目を向けると、彼は目尻に皺を寄せて優しく微笑んだ。

「大丈夫だよ」

何が大丈夫なのかわからないまま、私は頷いた。そして、ふと気づく。彼は、初心者で何も知らなくても大丈夫だよ、と優しく励ましてくれたのかもしれない。

へらりと笑みを浮かべた私に、お兄さんAは首を傾げながら問いかけてくる。

「チュートリアルもわからない？　ゲームをはじめてすぐ、操作方法の練習みたいなのをやらなかった？」

「そうさほうほうのれんしゅう……」

「どこをクリックすればアイテムボックスが開けるーとか、レベルが上がるとこういう数値が上がるーとか。ゲーム内のルールを実践形式で教えてくれるんだけど」

丁寧に説明してくれたお兄さんAには悪いが、私は首を横に振った。

「申し訳ないのですが、多分やってないです。キャラクター作って、さっ、やるぞー！　ってクリックしたら、あの砂漠に降り立ってまして……。それからも、アリを刺す作業しかしてません……」

「……そうだよねぇ。何しろこの異常事態を、『あ、こういうゲームなんだー。最近のゲームはすごいなー』なんて思いながら過ごしてた強者だもんねー」

自分で言って笑い出したお兄さんAは、再びお腹を抱える。笑い上戸にもほどがあるのではないか。

「じゃあ、ゲームはじめたと同時にトリップしたから、チュートリアルなんて知らないってこと？」

お猫様が眉をひそめて言うと、肩を覆(おお)うマントのようなものがはためいた。彼の声は刺々(とげとげ)しい。

私の出現を喜んでいないことがはっきりとわかる声色だった。

「そういうことかもね。じゃあオンラインゲームはもちろん、他のゲームもあまりやったことがないのかな？」

大木のような巨体を屈(かが)めて尋ねてくる熊将軍に、私は項垂(うなだ)れながら返事をした。

「はい……ゲームっていえば、ブロックを回転させてくっつけるパズルぐらいしか……」

実のところ、そのゲームだって三ステージくらいまでしかクリアしたことがない。しかし、そこまで弱さを暴露(ばくろ)する必要はないだろう。私は視線を泳がせて、お口にチャックをした。

「な、なんていう純粋培養の初心者……何年ぶりに見たかしら……」

豊満ボディのお姉さんは感嘆にも似た声を上げ、熊将軍は手を合わせて言う。

「崇(あが)めとこう」

「え？　え？」

なぜ崇められるのかまったくわからない私は、二人を前にオロオロしてしまう。

「え、何なに。何やってんの？　うん？　え、RPG(ロープレ)どころかゲームもしたことない初心者⁇　僕も一緒に拝んどこ」

いつの間にかお兄さんBと話しこんでいたお兄さんAは、熊将軍から私の事情を聞いて、手を合わせた。私はさらに困惑し、両手をばたつかさせて口をパクパクさせるばかりだ。さながら鶏(にわとり)である。

お猫様はそんな私たちに冷めた目を向けた後、視線を逸らした。

お兄さんBも呆れた表情をしていたけれど、軽く首を横に振り、皆が私を拝むのをやめさせてくれた。ちなみにギロリと睨んだだけで、特に何か言ったわけではない。お兄さんBの眼力は、それほど恐ろしいのだ。

「しょうがない。からかうのはこのくらいにしてやるか」

お姉さんは腰に手をあてて言う。

からかわれてたの!? と目を向けると、お姉さんは可愛い桃色の舌をぺろりと出して顔を上げた。

「ごめんなさい。だって、面白いから」

そんな風にしなを作って謝られたら、許すに決まってるじゃないですかー！ 鼻の穴が広がらんばかりに鼻息荒く、私は頷いた。

一方、熊将軍はハリウッドスター顔負けの微笑を浮かべて言った。

「ところで、旅人君。君の名前は？」

旅人君……？ 熊将軍はこちらに顔を向けているので、それは私のことに違いない。

普通に答えようとして、思いとどまる。ここで言うところの名前とは——きっと二十四年間慣れ親しんだ自分の名前ではないだろう。

私は、実家で飼っている愛犬を思い浮かべた。今頃あの子は私の危機も知らず、庭先でのんびり惰眠を貪っているだろう。

「申し遅れました。ポチと申します」

私が挨拶した瞬間、お兄さんAは爆発した。

もちろん爆発というのはもののたとえである。爆発するかのように、大きく噴き出したのだ。彼は、お腹を捩って地に伏した。

「あはははは！　あははははははは!!　ダメ、僕、この子ツボ！　あははは！」

一通り笑ったお兄さんAは、「元の世界に帰ったら、ポチのこと飼いたいなぁ」なんて軽口を叩いた。私は、『元の世界に帰ったら』という言葉に安堵する。

皆が堂々としているから、もう怖くない。この人たちについていけば大丈夫なんだ。頼りになる人たちと出会えて、私は心の底からホッとした。

◆◇◆

「わかりました！　レベル！」

その後、私は皆に教えてもらいつつ、なんとか〝身分証〟を発行してもらった。

これには、いろんな情報が載っている。自分の生死に密接に関わる体力。さっき教えてもらった、スキルを使うのに必要な精神力。そして私の強さを表すレベル。レベルの項目の下には、攻撃、守備、敏速、魔法、技術、幸運……といった能力が並んでいる。それぞれの数値は、人と比較のしようがないのでサッパリだ。

とはいえ、これでやっと自分のレベルが判明した。

「いくつだった？」

私の手元を覗きこむお兄さんＡに、身分証を掲げて答える。

「はい、22でした！」

私の発言に、三人が噴き出した。

「アリで……アリで22……しかもソロ……!?」

「僕、がんばったのね……」

「あっはははは!!　あはははは!!」

お猫様と巨乳お姉さん、そして言わずもがな、お兄さんＡだ。

ナイスバディにぎゅっと抱き寄せられ、私は豊満なおっぱいに埋もれた。羨ましいな、この肉体。むぎゅむぎゅしたいぜ。

だけど、すぐにふわふわのお乳様から解放されてしまう。私は伸びきったセーターのようにへろへろになった顔を、必死に取りつくろった。

「私のレベル、何か問題があるんですか？」

私が尋ねると、お兄さんＡが口を開く。

「普通は、自分のレベルに合ったモンスターを倒していく人が多いんだ。そのほうがもらえる経験値も多い……つまり、レベルの上がり方が速いからね。レベルが上がると、同じモンスターでも得られる経験値が下がる。アリからそれなりに経験値をもらえるのは、せいぜいレベル８くらいまでじゃないかな～。レベル20以上なら、ちょっとしたダンジョンに行っても大丈夫なレベルだしねぇ」

すっかり解説役が定着してしまったお兄さんA。

私はほーと頷くが、悲しいかな、きちんと理解できたのは三割程度だった。

私がアリと闘っていたのは、効率が悪かったってことだろうか。ミシンがすぐ横にあるのに、必死に手縫いで雑巾を百枚縫っていました、みたいな感じかな。

私が考えこんでいると、お兄さんBが不機嫌そうに眉根を寄せて言った。

「それなのに、まだ旅人のままか？　転職しに行け、転職」

お兄さんBは、ほとんどしゃべらない。寡黙な人っていうのは、こういう人のことなのかもしれない。

まじまじと見ていたのが気に障ったのか、彼の眉間の皺が深くなったので、私は慌てて頭を下げた。

「ええと、今の職場は割と気に入っているので、できればこのまま続けたいのですが……ま、万が一、やむをえない場合は同じ事務系の職種が」

「誰がリアルの話をした」

間髪をいれず、お兄さんBが言った。

「あはははは!!　あはははは!!　もうダメ、もうやめて。ポチ、それ以上しゃべらないで」

ひぃひぃ悲鳴を上げて地面にしゃがみこむお兄さんA。

そんな彼を無視して、私はお兄さんBに慌てて言葉を返した。

「あの、すみません。実はインストールに三日、キャラクター作成に一日を費やした超初心者でして……」

お兄さんAの笑い声は、一層大きくなった。その声は笑いすぎて掠れている。お猫様は、お兄さんAを見て完全に引いていた。その隣では、熊将軍がほのぼのと皆に目を向けている。

お兄さんBは、苛立ったみたいにお兄さんAを軽く踏んづけて言った。

「わかった。けど一から説明する時間はあまりない。お前の育成に時間を割くつもりもない。俺たちは今日ゲームに実装された期間限定の塔――〝上弦の塔〟を上る。塔の最上階にいるボスを倒せば、来年の本実装に先駆けて『転生』システムを利用できるからだ。確証はないが、それで元の世界に帰れるんじゃないかと思ってる。もう、これ以上は説明しないぞ。とりあえず、てっぺんのボスを倒す。わかったな？」

とりあえず、てっぺんのボスを倒す。オーケー、わかった。

私は少しぽかんとしながら、何度も首を縦に振る。

お兄さんBは、言葉を続けた。

「それで、悪いがお前にそのまま塔に同行されちゃ迷惑だ。いくら俺たちが強くても、かばいきれない」

「……わかります」

今、私が倒せるのはアリだけだ。こっそり皆についていったとして、その塔とやらを上っている時に、流れ弾に当たって死んでしまう可能性が充分にある。

お兄さんBの言葉に、私は卑屈にならないよう神妙に頷いた。

「だから悪いが、お前には〝強い職〟ではなく〝死ににくい職〟に就いてもらいたい。今からどうがんばったって、お前が戦力になるまでには、だいぶ時間がかかる。それなら時間をかけて強くしていく職より、強くなくていいから死ににくい職に就いてほしい。わかるな？」

「はい、わかります」

私が頷くと、目の前に丸太のような腕が伸びてきた。

「それはちょっと横暴じゃないか。ゲームをはじめたばかりの子に、その言いぐさはあんまりだ。職業ぐらい選ばせてやろうじゃないか。足りない分は、私たちがフォローすればいいんだし——初心者なんだ。わかるだろう？」

今まで静観していた熊将軍は、穏やかに、だけど有無を言わさぬ口調で言う。

私は、その言葉の意味をよく理解できなかった。一方、お兄さんBはひどく感傷的な表情をしたが、すぐにまた無表情になる。

「平常時なら、俺だってそうしてる。けど、今はゲームを楽しんでる場合じゃない。何もわからないんだ。誰も正解をくれない。キャラクターが死ねば、リアルの死に繋がる可能性だってある。そんな中、俺たち上級者がこいつにしてやれることはなんだと思う？」

口調に少し険があるものの、お兄さんBの言葉は私の胸にまっすぐ届いた。

彼は、弱い私を迷惑に思っているわけでも、邪魔者にしようとしているわけでもない。彼なりの方法で、私を守ろうとしてくれているのだ。

熊将軍もそれに気づいたのか、ハッとした表情を浮かべる。私は、これ以上、場の空気がおかしくならないよう大慌てで声を発した。

「あの、大丈夫です。もともと、なりたい職というのもよくわかっていないので……大変申し訳ないのですが、お力添えいただけたら嬉しいです。その、言い方は悪いですけど、ご助言いただいた通りにしたほうが生存率が上がるなら、喜んで皆さんに従わせていただきます。今はできる限り、皆さんの負担になりたくありません」

そう、今はゲームを楽しんでいる場合じゃない。とにかく、皆で無事帰れたら、それでいい。

本当は自分で調べたりしながら、あーでもないこーでもないと、職を決めるものなのだろう。しかし、もともとゲームの苦手な自分がそこまでするかを考えると、はなはだ疑問である。進むべき道を決めてもらえるのは、とてもありがたかった。


その後、お兄さんA、お兄さんB、お姉さん、お猫様、熊将軍、私の六人で、パーティーというものを組んだ。ゲーム内で、この六人が仲間になったよ的なことらしい。

そして出発に向けて準備を進めつつ、皆が職業について教えてくれた。

最初は『旅人』で、キャラクターを成長させた後に職業を選ぶのだという。大人になったら仕事に就かなきゃいけないですよね、そりゃ……。ゲームでも現実でも同じなんだ……と、遠い目をしてしまった。

ちなみに私はお兄さんBが言っていた通り、旅人という最初の職業のままらしい。これって、いわゆるニートなんじゃ……思わずそんなことを考える。

職に就けば、ニートもとい旅人よりもさまざまなことができるようになるという。しかし、職業によってできることやできないこと、得手不得手もあるようだ。「はぁ、なるほど。皆さんはそれぞれ違う職業だから制服も違うんですね」と頷(うなず)くと、お兄さんBに「服装は個人の自由だ」と言われた。よくわからなくなったので、黙っておくことにする。

そうそう、五人はそれぞれ違う職業に就いているらしい。

お兄さんAは聖者と言って、お医者さんみたいに傷の手当てをしてくれる応援係のような職業。補助魔法とかいうのも得意で、『足が速くなる』『魔法を上手に唱えられる』といった魔法を他人にかけることができるのだとか。

イメージ的には、お医者さんより教会の神父さんだと言われた。「神父が魔法を使えたら、アメリカの非公式機関とかが探りにきちゃうんじゃないですか」と質問したら、皆一様に目を逸(そ)らした。

お兄さんBは、見たまんまの暗殺者。もともとの印象に加え、その職業名の響きでさらにビビッてしまった。しかし、無口で仏頂面(ぶっちょうづら)だとはいえ、スカーフに鼻水をつけても怒ることはなかった、心の広い御仁(ごじん)。暗殺者だから、気に食わないことがあるとザクリ——なんて短気なことはしなさそうだ。

お次は、青少年の目には少しばかり刺激の強い巨乳のお姉さん。彼女は魔術師らしい。びしっと挙手して「扇情的(せんじょうてき)な服装は魔術師の正装ですか」と問えば、「個人的な趣味」と答えてくれた。全力で同意させてもらった。

そんなお姉さんは、攻撃魔法が得意らしい。「あんまりおイタしてると、燃やしちゃうわよ」と流し目で言われ、心に火がつくどころか消し炭になってしまうほどの威力だった。

お姉さんの全身には、タトゥーみたいな紋様が浮かんでいる。これは、魔法の攻撃力を上げるための装飾なのだとか。そんなものまで装備できるのか、と感心するふりをしてお姉さんの柔肌を眺めていたところ、お兄さんBに頭をこつんと叩かれた。まったく痛くなかったものの、彼の職業が暗殺者だと知った後だったせいか、思わず硬直してしまった。

お猫様は狩人で、弓矢での攻撃がメインだという。矢の消費が激しいかわりに威力は高く、戦闘では攻撃の要になるらしい。しかし、敵対心というか警戒心をバリバリ向けられて、あまり詳しいことは教えてもらえなかった。非常に残念である。私としては、とても、とっても仲良くしたいのに。そう、愛らしいお耳を触らせてもらえるくらいに。

ちなみに、猫耳は装備品だった。私が何度もじっと見つめていたからか、先ほど、装備を他のものに変えられてしまった。あぁん、私のお耳ぃ!!

最後は熊将軍。彼は見た目通りの騎士で、その中でも聖騎士と呼ばれる職業なのだという。なるほど、どうりで神聖な空気が醸し出されているんだな、うんうん。

熊将軍は、背中に亀の甲羅みたいな大きな盾を背負っていて、戦闘時にはこれで皆を守るらしい。攻撃よりも守備に優れているそうで、単体での活動にはあまり向いてないと笑っていた。しかしお兄さんAいわく、パーティーに聖騎士がいるかいないかで生存率が大きく変わるのだという。その言葉に、強面の熊将軍は照れたように笑った。そんな彼に、私のトキメキがＭＡＸだったのは言うまでもない。最初の怯えはどこへやら、この大きなテディベアに私はメロメロだ。

熊将軍とお兄さんＢはレベルを最大まで上げていて、これはゲーム用語でカンストと言うのだとか。つまり、このゲーム内で一番強い二人なのだ。

これほど心強い味方がいるだろうか？

何があっても、鼻水まみれのスカーフと、ぴかぴか光る鎧からは手を離さないと誓った。……鼻水まみれのスカーフは、外されていたが。

皆の職業を教えてもらっただけでショート寸前だった頭では、各自の名前まで覚えきることができなかった。勝手につけた名前で呼ぶのはさすがに失礼だろう。もし誰かを呼ばなければならないことがあったとしても、どうにかして切り抜けようと開き直る。

それにしても、この五人は、頭の軽い私に対して寛容だなぁと感心した。

自分の軽い頭や、突拍子もない行動が他人を苛立たせやすいということは、二十四年も生きていればさすがにわかる。だけど、私のどの行動が他人を苛立たせるのかまではわからない。だから、事前に相手の反応を予測して動いたり、場の空気を読んだりすることはすごく難しい。

今でこそ笑って話せるが、若い頃はとにかく苦悩した。

これで見た目が可愛ければ、天然やどじっことして許されたかもしれない。しかし残念ながらどちらにも当てはまらない私は、理解不能生物として邪険にされ持て余された。

そして一度そう認識されてしまうと、その評価を変えるのは非常に難しいのだ。

その経験をもとに、社会に出てからは、一歩引いた人間付き合いを心がけている。できる限り地を出さず、波風も立てないように。

それほど気をつけていたのに、初対面の五人の前で、こんなに素を出せるのはなぜだろう。

ここがゲームの世界だからだろうか。それとも、異常事態に陥ってパニックになっているから？

どんな理由であれ、私は自由奔放にふるまっている。

そして五人は、そんな素の私を拒絶することはなかった。お兄さんBには眉をひそめられ、お猫様には少しばかり敬遠されているが、嫌われていると感じるほどではない。こんな風に受け入れてもらえた経験は、あまりない。私はこの短時間で彼らに好意を抱いていることに気づいた。嬉しくて、思わず頬が緩んでしまう。

緩んだ頬を両手で元の形に戻す。それと同時に、話も戻そう。

私の職業が何に決まったかというと――満場一致で剣士となった。熊将軍の職業である聖騎士の、一つ前の職業らしい。

このゲームは全員旅人からはじまり、二度の転職を経て強くなっていくのだという。転職といっても、現実世界のものとは違う。昇級試験を受ける感覚に近いようだ。

私はさっそく、一度目の転職をした。ちなみに剣士は一次職で、熊将軍の聖騎士は二次職と呼ばれるらしい。

転職のための昇級試験を受けるには、首都とは別の街に行かなければならない。お兄さんBとお猫様は首都に残り、お兄さんAとお姉さん、熊将軍が私を街に案内してくれた。

なんとか試験をクリアして剣士になると、体に力がみなぎってきた。

急にどうしたのかと首を傾げていたところ、転職に伴って身体能力にボーナスが入ったからだろう、とお兄さんAが説明してくれた。

転職したとたん、ボーナスをもらえるなんて……剣士って、なんて素晴らしい職なんだ！　と驚き喜んだ私に、熊将軍が冷静な突っこみをくれた。どうやら、どの職業に転職しても、ボーナスはもらえるらしい。浮かれ損だった。

身分証を見ると自動更新されていて、先ほどもらったボーナスの明細が表示されていた。体力や精神力の数値だけでなく、攻撃力や守備力も少しずつだが伸びている。これらの数値が高くなれば高くなるほど、ますます力がみなぎるのだろうか。私とは比べられないほどレベルの高い皆は、きっと数値も高いのだろう。

私もレベルが上がっていけば、いずれは二次職を選ぶ岐路に立てるのだという。その日を夢見て、とりあえずは剣士をがんばることにした。


試験が無事に終了したので、私たちは再び首都へ向かう。そして、旅の準備を進めていたお兄さんBとお猫様と合流した。

旅人から剣士に成長した今、身につけられる装備というのがいろいろ増えたらしい。とはいえ、もちのろんで今着ている服以外は持っていない私。

皆は、渋い顔をして私の身分証を覗きこんだ。

「どうしようかねぇ。さすがに、この装備のままじゃ心許(こころもと)ないんだけど……」

お兄さんAの言葉に、私は首を傾(かし)げる。

「この能力値じゃ、ちょっと心配ねぇ」

「回避はもう捨てるとして、やっぱり守備にもう少し重きを置きたいね……」

お姉さんと熊将軍の言葉で、どうやら私が弱すぎることが問題なのだと気づいた。しかし、皆がなぜ悩んでいるのかわからない。ひとまずこの場はお任せしようと、少し離れた場所に移動する。

側にあったベンチに座ろうとした時、立て掛けられていた将軍の盾が何かの拍子で倒れないようにと手で支えた。

びくともしないだろうと思っていた大きな亀(かめ)の甲羅盾(こうらだて)は、驚いたことにいとも簡単に動いた。砂漠で短剣を持った時はあれほど重たく感じたのに、今はこんなに大きな盾だってそこまで重くない。

これがレベルが上がるということなのだろうかと、盾をしげしげと眺めた。

「ポチ！」

「わん！」

突然呼ばれて驚いた私は、背筋を伸ばして返事をした。慌てて振り返ると、目を見開いたお姉さんと熊将軍がいる。

「す、すみません！　勝手に触っちゃって！」

大慌てで盾をベンチに戻すと、熊将軍にガッと肩を掴まれた。

「もう一度持って！」

「は、はい！」

あわあわしながら、再び甲羅盾を掴む。熊将軍の声に驚いた皆は、盾を手にした私と身分証を交互に見た。

「……まさか」

「そんなことあるわけ……？」

お兄さんBの言葉に、お猫様も呆然と呟く。

「いやでも……」

「……うーん」

腕を組むお姉さんと熊将軍。お兄さんAも、真面目な表情で言う。

「数字は嘘つかないからねぇ」

オロオロする私の前で、皆が真剣な顔をしていた。

「でもこれじゃあ、今までなんのためにレベル上げ……」

「それは言いっこなしだよ……。ここは、この異常事態での救済措置だと受け取ろう……」

釈然としない顔をしたお猫様の肩を、熊将軍がポンと叩く。そして彼は、笑顔でこちらに向かってきた。私はびくりと体を揺らす。

「その盾の装備可能レベルはね、レベル99なんだよ」

装備可能レベル。

単語だけで、内容がなんとなく理解できた。この盾は、レベル99の人からしか装備できない、ということなのだろう。私は、大きな甲羅盾をまじまじと見つめた。

お兄さんAもこちらに近づいてくる。

「それをね、君は装備することができた。身分証を見ていたら、数値が変わったからね。きちんと装備効果が発動するはずだよ。ちなみに、これがもとの数字。ここを見てて」

お兄さんは私から盾を一度引き取り、身分証を差し出す。私はそれを受け取って、じっと見つめた。

「そしてはい、これが装備した後の数字」

盾を手渡され、慌てて持つ。すると身分証の数字が変動する。

「ひぃふぅみぃ――も、もとの数字の、三倍……!?」

驚きすぎて、目玉が飛び出すかと思った。

「君の装備可能レベルの盾じゃ、よくて一・二倍、がんばっても一・五倍が限度だっただろうね」

「ひ、ひぃいいいい」

熊将軍の説明に、私は思わず叫んでしまう。

「さらに言えば、この盾は純粋な守備力だけじゃなく、受けた攻撃を半減させたり、反射したりすることもできる。詠唱速度を速くする効果もあるから、君は見た目以上に強くなっている」

「ひぃいいい!!」

甲羅盾を持ったまま縮こまりそうになった私に、熊将軍は晴れやかな笑顔を向けた。

「いやぁ、そのレベルだと貸せそうな装備がなかったから助かった。鎧（よろい）も兜（かぶと）も任せておいて。これで、君を一丁前にしてやることができる」

私はひくりと頬を引きつらせ、地面に額を擦りつけながら「どうぞ、よろしくお願いします」と声を絞り出した。

――それから、まるで着せ替え人形のように、たくさんの服や装備をあてられた。

心なしか、装備を選ぶ熊将軍が、人形で遊ぶ無邪気な女の子みたいに見えた。属性がどうとか総合的なバランスがどうとか、あーでもないこーでもないと非常に楽しそうである。

これがドレスやブランドの服なら、私も一緒に目を輝かせたいところだが……あいにく、目の前に並ぶのは鈍色に輝く鎧ばかり。

熊将軍は、亀の甲羅盾の他にもたくさんの盾を持っていた。どうやら私は、ウェイターさんが持つお盆のような、丸い盾をお借りすることになりそうだ。しかし、ウェイターさんが軽々と持てるような重さではない。その盾は分厚く、きっとどんな衝撃にも耐えられるに違いないと感心してしまった。

私は、しげしげと盾の観察を続ける。握りやすいよう革で補強された持ち手を辿っていくと、表面には綺麗な模様が彫られていた。精巧な作りに感嘆の息を漏らした時、お猫様が頬を引きつらせていることに気づく。彼は、いつの間にか再び猫耳を装備していた。

どうしたのだろうかと首を傾げると、お猫様が渋い顔で呟く。

「その盾一つで、俺の装備一式が賄える」

私はお盆を取り落としそうになった。

そんなものをお借りして、もし万が一、どこかに忘れたり壊したりしてしまったら大変だ。大慌てで返そうとしたが、熊将軍は大きな手のひらでそれを止めた。

「人の命より価値が高い盾なんて、存在しない」

熊将軍に強く言い切られてしまい、深く頭を下げてお借りすることにした。

私はまたも彼にときめいた。あまりのキュンキュン加減に、にやけていたのがばれないよう必死に祈った。

皆があーだこーだと悩んでくれたおかげで、全身の装備が決まった。

鎧と盾、いくつかのアクセサリーは熊将軍、靴はお兄さんＡ、武器はお兄さんＢ、耳飾りはお姉さん、首飾りはお猫様からお借りした。

熊将軍のお古だという装備のラインナップを見た時、全員が遠い目をしていた。

もしかすると、熊将軍はこの中でも飛び抜けてお金持ちなのかもしれない。

「……ポチ。その装備、大事にするんだよ」

熊将軍と私を何度か見比べたお兄さんＡは、苦笑して言った。お兄さんＡのそんな表情を見るのは、はじめてである。やっぱり高い武器なんだ！　私は神妙に頷き、傷一つつけないよう注意しなければ、と心の中で拳を握った。

お兄さんＢにお借りした武器は、鈍く光るとても綺麗な剣だった。腰に下げるとずっしり重く、これが『武器』を持つことなのだと実感した。その剣を見て、またお猫様が顔を引きつらせた。私は何も聞かず、お兄さんＢに深く頭を下げた。

高価で大事な皆の装備を身につけていくたびに、私の生存率がぐんぐん上がっていく。ひょろいもやしみたいな私の体に、命綱が幾重にも巻かれていった。

「至れり尽くせりで、本当に申し訳ないです。このご恩はいつか、いつか、必ず返します」

私がそうお礼を言うと、お兄さんBが珍しく突っこみを入れてきた。

「やめてくれ、そんな死亡フラグ」

お兄さんAは爽やかな笑みを浮かべながら、頭を撫でてくれた。

大笑いして顔面が崩れていないお兄さんAは、本当に格好いい。親友がよく口にする『残念なイケメン』とは、こういう人のことを言うんじゃないだろうか？

手こずりながら武器と防具をなんとか装着し終えた私に、お兄さんBが手を差し出す。

「どうせ、レベルアップした時に溜まった能力値も振ってないんだろ。ほら、身分証を出せ」

「能力値を振る」というのがどういうことかわからなかったが、私は大人しく身分証を取り出した。

「はい、ご面倒おかけいたします……」

お兄さんBが見やすいように、身分証を掲げる。はじめてこのカードを見た時と比べて、各能力の数字が随分と変わっている。この増えた数字は皆の厚意の表れなんだ、と胸が熱くなった。

お兄さんBだけでなく、他の四人も私の身分証を覗きこむ。私は彼らの指示通り、身分証をポチポチ押していった。この身分証、現代的なことに、なんとタッチパネル式だったのだ。

「守備特化型のガチムチ剣士ね。んふふ」

私の背後で舌なめずりするお姉さんに、背筋がぞくぞくしてしまった。尻尾があったら、高速で振っていると思う。

お姉さんに胸を高鳴らせていた私だけど、次に聞こえたお猫様の声で現実に引き戻された。

「装備固めて、能力値上げて、この程度」

溜息とともに、腹の底から憤りを吐き出すようにして呟いたお猫様に視線を向ける。

「こんな役立たずな初心者、負担になるだけじゃん。街に置いていったほうがいいでしょ、どう考えても」

私の身分証を覗きこんでいたお猫様は、とても不満げだった。

彼と目があった瞬間に、ふいっと顔を背けられる。彼の横顔に、胸がざわざわと波打った。

――やっぱり。

なぜ、役立たずな私に見切りをつけないのか……

実は、ずっと不思議だったのだ。この世界で右も左もわからない私は、明らかにお荷物だ。置いていくと言われたって、仕方ないと思っていた。

今……今なら。

借りた装備を返して、いただいた厚意に感謝の言葉を述べて、ここで一人、皆の帰りを待っていることができる。彼らの手に負えないほどの重荷となる前に、本当は自らそう言い出すべきだったのかもしれない。

ポチと同じくらいの年齢に見えるお猫様を、じっと見つめた。でも、彼は私を一切見ようとしない。

私が意を決して口を開こうとした時、後方から鋭い声が飛んできた。

「ダメだ。確かにここなら安全だが、元の世界へ帰るための条件がわからない以上、長期間の別行動は取るべきじゃない」

お兄さんBの言葉に続き、熊将軍も口を開く。

「塔に上って命を危険にさらしたところで、帰れない可能性もある。その時は、別の条件を探さなければいけない。いつどこで帰るための条件を満たせるか、わからないんだ。別行動は取らせない」

二人の主張に、お猫様は顔を背けたまま「あっ、そう」と呟いた。そしてチラリと私を見て、またすぐに顔を逸らす。やり場のない憤りを、必死に呑みこんだみたいに見えた。

私は、二人にかばわれて非常に困惑した。

お猫様が、せっかく汚れ役を買ってまで事実を述べてくれたのに、誰も私を切り捨てようとはしない。

「ご迷惑ばかりおかけして、申し訳ありません」

堂々と謝ってしまえばお猫様に嫌味と取られるかもしれない、と思ったが、私は彼の背に向かって深々と頭を下げた。

卑屈になるのはいいことではないし、逆に気を遣わせるとわかっているものの、さすがにこの場で笑っていることはできなかった。

すると、お兄さんBが淡々とした声で言う。

「負担なのも役に立ってないのも事実だが、装備を固めて能力値を整えたお前をかばえないほど、俺たちは弱くない」

私は、こみあげてくるものを堪えるのに必死だった。ただでさえ言わせたも同然な台詞だし、ここで泣いてしまうのは申し訳ない。

お兄さんBは、続けてお猫様に向かって口を開く。

「お前も、自分のキャラに自信を持て。一生懸命、そこまでレベルを上げたんだろ。たかだか上弦の塔のモンスター相手に、こいつ一人守れないなんて格好悪いことを言うな」

お猫様はそっぽを向いたままだったが、小さく頷いた。

旅の準備を終えた私たちは、美しくも寂しい首都を発った。

この世界に閉じこめられて、どれくらいの時間が経ったのだろう。私たちを穏やかに照らしていた月はその身を隠し、かわりに、地平線の向こうから太陽が昇ろうとしていた。その素晴らしい景観に、誰もが息を呑んで空を眺める。

日出ずる国から来た六人が、無事、日のもとに帰れますように。

私はそっと心の中で祈った。

先を急ぐ皆にさからって、私は一度だけ首都を振り返った。しかし、私もまたすぐに歩き出す。

次にここを訪れる時は、もっと活気溢れる街であってほしい。そして私は、パソコンの画面越しにこの街を眺めるのだ。

上弦の塔は、ここからしばらく離れた場所にあるらしく、光の環をくぐって移動することになった。砂漠から首都へ移動した時のように、またお兄さんAが環を出すのかと思っていたが、どうも違うらしい。お兄さんAが出す環は、帰還専用なのだという。

「私の出番ね」

お姉さんがカツンと音を立てて杖を地面に打ちつけると、そこから光が溢れ、光の環が出現した。

「座標は四の街、南ノ一ノ三三・七〇五。私が開ける転環はここまでね。あとは徒歩」

「歩きかよ。そっから、どれぐらいかかるんだか……」

げんなりとした顔でお猫様が言う。熊将軍は、太い指で顎髭を触りながら空を仰いだ。

「残念ながら、わからないな。ゲームだと数分もかからない距離だろうけど……」

「地道に歩くしかないわね」

「お腹もすかないし、眠くならないし、トイレにすら行きたくならない。その分、がんばるしかないねぇ」

お兄さんAの言葉を聞いて、熊将軍が物悲しげに呟く。

「食欲も睡眠欲もない、か。本当に人間じゃないようだね」

その声が思いのほか寂しそうに聞こえて、私はつい彼の背を撫でてしまった。厳密に言うと、亀の甲羅盾だけれど。

「大丈夫ですよ。貴方を含めた皆さんは、とっても強いんです。無事に帰る方法を見つけられますよ。私が保証します」

闘(たたか)っているところを見たことがないのは棚に上げて、私はどーん！　と胸を叩く。熊将軍は虚(きょ)を衝(つ)かれたような表情をした後、力ない笑みを返してくれた。

そして私は「あんたが言うことじゃないだろ」と呟(つぶや)いたお猫様に、確かにその通りだと頷(うなず)いてしまった。

第二章　目まぐるしい三歩目

光の環を通ってやってきたのは、森の中だった。

鬱蒼とした森は朝だというのに暗く、生い茂る木々の葉が陽の光を遮っている。

その時、私の視界を何かが横切った。慌てて目で追うと、それはふよふよと漂う、白い霧のようなものだった。まるで妖精の足跡にも見えて、私は感嘆の溜息をこぼす。厳かな空気さえ感じる森は、私が知っている現実の森とは少し違う。妖精や精霊といったファンタジーな生き物が住んでいたとしても、不思議ではないと思えた。

私は妖精の足跡に向かって手を伸ばす。白い霧は、私の手をすっと通りすぎていった。私は驚いて目を見張る。すると、これは単なる効果映像なのだとお姉さんが教えてくれた。夜になると、さらに効果映像が増えるらしい。私は楽しみになって、森をじっと見つめた。

瑞々しい若葉や、地面を覆い尽くす苔の絨毯。あちこちに漂う、白い霧。耳を澄まさなくても、沢を流れる水の音が聞こえる。おいそれと味わうことのできない不思議な空間を、体全身で味わう。

「じゃあ頼めるかな」

「登ればいいわけね」

自然を満喫していた私の背後で、熊将軍とお猫様が何やら話している。

なんだろうと思って振りかえると、お猫様が大木の枝に手をかけたところだった。彼はそのまま勢いをつけて、猫みたいに木を登っていく。腕力にものを言わせたような、力技一辺倒の登り方だった。

木のてっぺんに向かうお猫様の姿を、私はぽかんと見つめる。やがて彼は太い枝に足をかけて体を伸ばし、遠くを見やった。

「このまま、ほぼ東だね。四時の方向ぐらい」

「道はありそう？」

熊将軍が、お猫様に向かって声を張り上げる。その野太い大声に、熊将軍だとはわかっていても、私は思わずびっくりして飛び跳ねた。

「ところどころ開けた場所はあるけど、道って言えるほどしっかりしたものはないみたい。まぁ期間限定の特設の塔だし」

「そっか、ありがとう。下りてきて！」

「うぃー」

お猫様は、木からぴょんっと飛び下りた。

なるほど、彼は木に登って塔の位置を確認していたらしい。

その後、皆は進路の相談をはじめた。私も輪に加わってはいるが、何も発言できずにぽーっと聞いているだけである。しかし、皆は私に気を遣って意見を求めてくれる。当たり障りがないように、私は曖昧な意見をそれとなく口にした。

そうこうしているうちに、進む方向が決定。熊将軍を先頭に、いよいよ行軍がはじまる。

さぁ、出発だ！　と意気込んだ私の横で、皆が自分の武器に手をかけた。武器を構えているわけではないが、その異様な緊迫感にびっくりしてしまう。私が目を瞬かせていると、熊将軍が苦笑した。

「ここはフィールドだから敵もいる。あまり強い敵は出ないけど、念のためね」

「いえ――、皆さん、すごいですね」

なんと続けていいかわからず、私は少しだけ俯いた。恥ずかしくって、体を丸めたくなる。

やがて歩き出した皆に、私はとぼとぼとついていった。はぐれないよう、迷惑をかけないよう、足を動かしながら、あることについて考える。

私は今まで、彼らが強いと、すごいと、無条件に信じていた。だけど彼らだって、私と何も変わらない普通の日本人だったのだ。そんな五人に、全面的に頼ろうとした自分の浅はかさに腹が立つ。

現代社会に生きていて、モンスターを武器で退治する機会などない。よっぽど特殊な職業についているか、正義のヒーローを生業にしていない限り。

しかしゲームの世界に閉じこめられた今、鈍く光る本物の武器を持ち、画面越しに見ていたモンスターと現実に対峙しなければならない。

彼らは、どれほど恐怖を感じていることか。

彼らは、上手く武器を使えるのだろうか。タイミングよく魔法を唱えられるのだろうか。きちんと攻撃が当たるのだろうか。

ゲームの中ではベテランでも、実際に体を動かすとなると違うのでは……私は、急に不安になった。

絶対的な安心感は単なる認識不足であり、無知だったからだ。なんの根拠があったわけでもない。彼らが強そうだと、そう感じたから信じた。だけど、それは彼らにとってどれほどのプレッシャーになるだろう。

もし、彼らが傷を負ったら？

もし、誰かが死んでしまったら？

そう考えたとたん、体に震えが走った。

この不安が皆に伝わってしまわないよう、私は俯（うつむ）きながら歩く。

ふと視線を感じて顔を上げると、いつの間にか隣を歩いていたお姉さんが、私をじっと見ていた。

私は立ち止まり、彼女を見つめ返す。すると豊満な胸をこちらに押しつけて、両腕できつく抱きしめてくれた。

お姉さんは、とてつもなく華奢（きゃしゃ）だった。

こんなに小さな肩で、細い腕で、薄い胴で、全員の命を救おうとがんばっている。それに比べて私は……私は……

その時、少し背伸びをしたお姉さんが私の頭に顎（あご）をのせた。

「私たちなら大丈夫」

お姉さんの透き通った綺麗な声が、まるで呪文みたいに響いた。

「あんたと合流する前に一通り実戦もしたし、気持ちの面でも立て直してる。簡単に怪我なんかしないし、死ぬつもりもない。あんたは私のおっぱいに鼻の下伸ばして、へにゃへにゃ笑ってりゃいいのよ」

うわ、やば。惚れそう。

そう思った瞬間、堪えていた涙がぽとりとお姉さんの胸に落ちた。お姉さんは気づかない振りをして、私の頭にのせた顎に体重をかける。

どうして考えてたことが全部ばれたのだろうか。

どうして言ってほしい言葉をくれるのだろうか。

面倒ばかりかける役立たずの自分に、どうして気を配ってくれるのだろうか。

本当に不安なのは、彼女たちのはずなのに。

私は慰めることすらできず、逆に慰められて安心している。感じていた不安も、劣等感も、申し訳なさも、お姉さんがふわりと消し去ってくれた。

ふと気がつくと、前を歩いていた皆も立ち止まり、私たちをじっと見つめていた。

彼らの瞳には、力強い光が宿っている。

私は、アリ以外のモンスターを知らない。他の敵がどれほど強いのか、想像もつかない。

何も知らないこの世界では、彼らの言葉だけが頼りだ。

だけど、お姉さんは大丈夫だと言ってくれた。皆の表情からも、頼もしさが伝わってくる。

私にとって、これほど安心できることはなかった。

私はぐいっと自分の両頬を引っ張った。

このままじゃダメだ。体力や攻撃力については役に立たなかったとしても、せめて精神面では彼らを支える側に立ちたい。私は鼻水をずずとすすり、へたくそな笑みを浮かべて顔を上げた。

「お姉さん、惚れちゃったらちゃんと責任取って、童貞奪ってくださいよ」

「おっしゃ任せとけ」

力強く頷くお姉さんの肩越しに、お猫様が顔を真っ赤にしているのが見えて、私は今度こそ心から笑った。

◆◇◆

「お願いします！　この子だけ！　この子だけ、どうか助けてやれませんか！」

涙ながらに懇願する私に、熊将軍は苦笑した。

「まるで、悪代官に手篭めにされそうな娘をかばう時の台詞だね」

「てことは、誰がお代官様かな？」

楽しげに尋ねたお兄さんAの言葉に答えたのは、お姉さんだ。

「こら、誰が悪役にふさわしいかなんて一目瞭然のことじゃない。そんなこと聞いたら怒られちゃうわよ？」

「お前ら黙れ。——おいお前……それ、何度目だと思ってる」

剣を二本構えたまま、お兄さんBが低く唸る。その視線の先には私がいて、私の腕の中には暴れ狂う真っ白なもこもこウサギがいた。

ふよふよ霧が漂う森に出現したモンスターは、現実世界の動物とは似ても似つかないほど愛らしかった。たとえば、お目めがくりくりなネズミたち。彼らはペットショップで売っているどのハムスターよりも、ずっとずっと可愛かった。そんなにかわいいハムちゃんたちを、お兄さんたちは見つけるたびに倒そうとする。その都度、私は米つきバッタのように頭を下げて、なんとか見逃してもらっていた。

しかし今度の敵――この可愛らしいウサギちゃんは、何を思ったのか自分から突進してきた。そのため、お兄さんBが問答無用で斬りつけようとしたところを、私が大慌てで抱き上げたのだ。もちろん、ウサギちゃんは腕の中でずっと攻撃を仕掛けてきている。つまり、私の体力は減少中だ。そんな私に、お兄さんAが大笑いしながら回復魔法をかけ続けていた。

迷惑をかけているのは、百も承知だけれども。

あまりにも可愛すぎるのだ。

ほわほわの毛並みは、まるで高級ファーのように心地いい。くりくりとした青いお目めは、私が知っているウサギよりも少しだけ大きくて、魅力が大幅にアップしている。

鋭い前歯で噛まれると痛いが、我慢できないほどじゃない。実家の愛犬ポチにしつけをした時のほうが、もっと強く噛みつかれた。

お兄さんBの不機嫌な顔を直視するのは、恐ろしい。怒り狂った獰猛な虎と対峙しているような

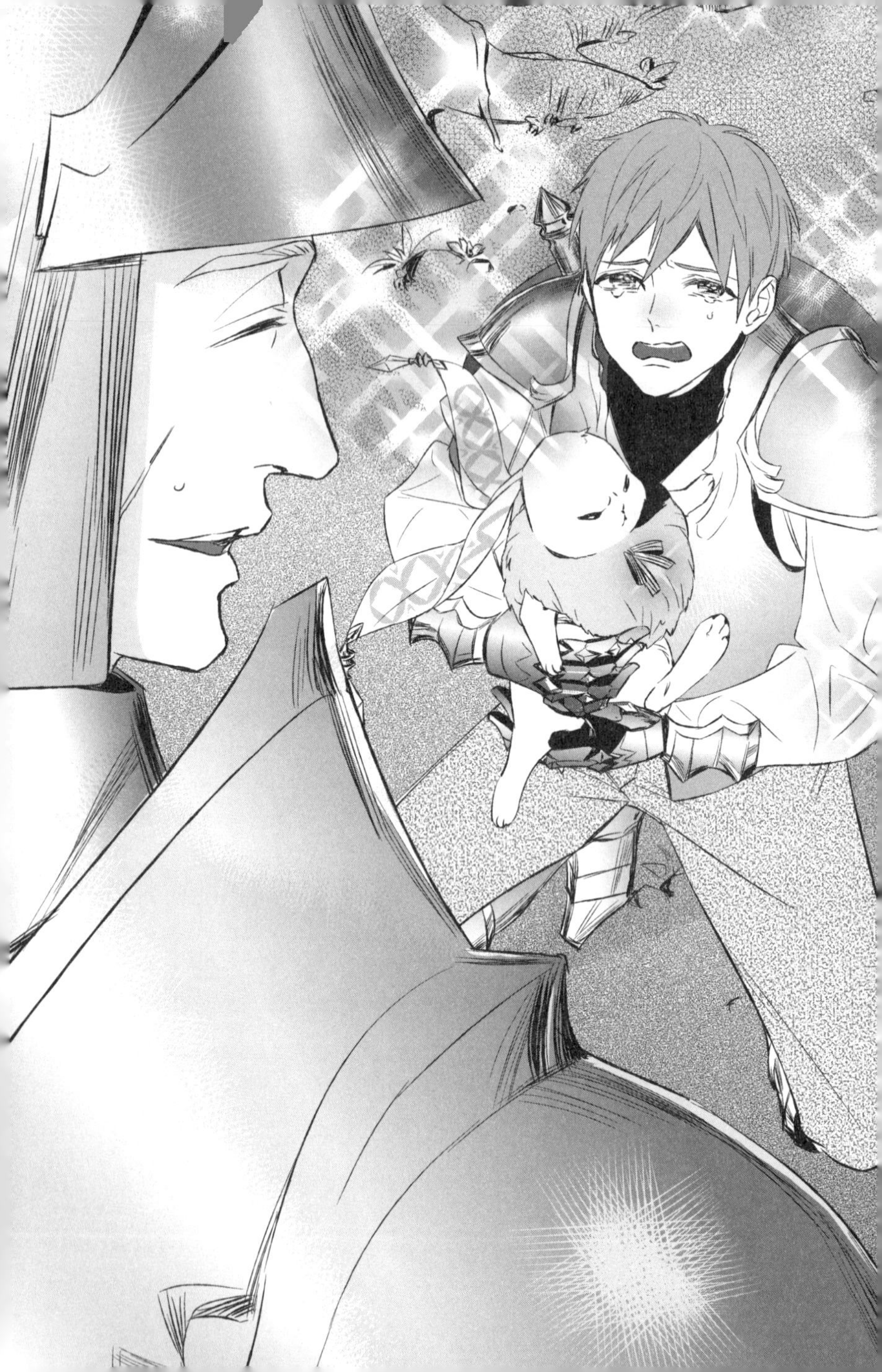

緊張感がある。目を逸(そ)らしたくてたまらないが、逸らした瞬間、腕の中のウサギちゃんは串刺しKOだろう。

私は冷(ひ)や汗を流しながら、お兄さんBを見つめ続けた。

「そいつはアクティブモンスターと言って、相手から攻撃してくるモンスターだ。これから先、そういうモンスターはもっと増える。そのたびに可愛いだの、可哀想だの避けてたら、こっちの怪我に繋がる。わかるな？」

お兄さんBは、溜息(ためいき)まじりに説明してくれた。

確かに、そうだ。このウサギちゃんは可愛いが、もっと可愛いのは皆の身、ひいては己の身だった。モンスターを助けて味方が傷を負うなど、言語道断(ごんごどうだん)。

そんな馬鹿ばかしい事態は避けなければならない。

「わかりました。我侭(わがまま)を言って申し訳ありません」

ぐっと気持ちを抑えて、ウサギをお兄さんBに差し出す。

お兄さんBが、剣を握り直した瞬間——

「〝速度増加〟〝基礎体力増加〟〝命中率増加〟〝攻撃力増加〟〝守備力増加〟」

「〝速度減少〟〝命中率減少〟〝回避率減少〟」

お兄さんAが歌うように唱えた支援魔法が私に、お姉さんが唸(うな)るように唱えた呪いの魔法がウサギにかかった。

「え？」

目を見開いて私が振り向くと、にこにこ微笑む二人が軽やかに手を振っていた。

「我侭言って時間を食ったのよ。自分の尻は自分で拭いなさい」

「大丈夫。支援してあげたし、倒せる倒せる」

食えない笑みを浮かべる二人は、「さぁヤレ」と私を促した。

私は、素晴らしくキュートでもふもふなウサギちゃんを見下ろす。

「〝物理攻撃守備・盾〟」

遅れてもう一つ、私に魔法がかけられた。事態を静観していた熊将軍だ。

「これもレベル上げだと思って」

そう言って、彼は苦笑する。

私がウサギを倒すのは決定事項なのだと知り、くらりと眩暈に襲われた。

ウサギちゃんのまあるく可愛らしい尻尾を凝視する。

私がこの世界に来てやったことといえば、アリを潰したこと、アリを刺したこと、涙と鼻水をナイアガラの滝なみに流したこと、それをお兄さんBのスカーフで拭ったこと、皆の足を引っ張ったこと——このぐらいだ。

お姉さんたちには、元の世界に帰るための重い覚悟がある。だけど、私はその百分の一さえ覚悟ができていない。

私は目に力を入れて、ウサギを鋭く見据えた。眼力で殺せるのではないか、というくらい強く睨む。

このウサギは敵。帰るためには、倒さないといけない敵。

そして、それを他人任せにしてはいけない。私の力が及ばず手を借りることはあっても、それを他人ごとにしてはいけない。私も同じ場所から彼らと同じものを見ないといけない。私も自分ができることをしないといけない。

覚悟を決めるのは、今だ。

怖いとか、可愛いとか、もふもふしたいとか、ぷにゅぷにゅしたいとか……そんな些末なことは、切り捨てごめん！

「ポチ、行きます！」

「気の抜ける口上だな」

お兄さんBの突っこみには答えず、私はウサギを地面に下ろして、腰に下げていた剣に手を伸ばす。

私の手から逃れたウサギは、これ幸いと地面をぴょんと蹴った。

私が「あ」と呟くよりも速く、お兄さんBがウサギを捕まえた——足で。

踏みつけられたウサギは、お兄さんBの足の下で苦しそうにジタバタもがいている。もがく姿まで可愛いなんて、残酷だ。

「捕まえててやるから、さっさとヤレ」

お兄さんBは顎をしゃくってそう言う。彼のあまりの人相の悪さに、私は顔を引きつらせた。

なんだか自分がこのウサギちゃんになった気分だ。皮を剥がれて市場で売られる自分を想像してゾッとした。

「ウサギちゃん、ごめん！　元の世界に戻ったら、ちゃんと食べるから！」

私の言葉に噴き出すお兄さんAを横目に捉えたが、構っていられなかった。

目をこじ開け、両手で握った剣をまっすぐ振り下ろす。

アリの時と同様、上から刺すために。

むにっとした柔らかさの後、皮を突き破って肉を刺す際の弾力を感じた。アリの時とはまったく違う。血の流れる動物だと感じさせるような手ごたえだった。

全身に鳥肌が立ち、悪寒がしてブルリと震えた。

しかし――

「まだ終わってない」

お兄さんBが淡々と告げる。

そう、まだ終わっていなかった。

ウサギはアリより随分強いらしく、お借りした武器があっても、支援魔法をかけてもらっても、私の一撃では煙になってくれなかったのだ。

「踏ん張れ」

お兄さんBの言葉が、身体面と精神面のどちらを指しているのかわからない。

私は唇をぎゅっと引き結び、再び腕を振り下ろした。

「もう一度」

その声に合わせて、反射的に剣を振り下ろす。

ウサギは、お兄さんBの足の下でまだもがいていた。それが苦しんでいるように見え、私の足は震える。

「もう一度！」

もう腕に力が入らなかった。

カラン、と音を立てて、握っていた剣が手からこぼれ落ちる。

舌打ちと同時にギリリと弓を引く音が聞こえた。

「ダメだ」

「なんで？　もう充分だろ」

ウサギを弓で倒そうとしたお猫様を、熊将軍が止めたらしい。

「ダメだ」

再び熊将軍の声が聞こえる。

じっと私を見つめていたお兄さんBは、ウサギの上に足をのせたまま、腰を折って、私が落とした剣を拾い上げた。そして私の腕を取って指を開かせ、小指から順番に柄(つか)を握らせた。

「こうして握るんだ。力が入る」

そんなこと知りたくない。こんな怖いこと、もうしたくない。

「握れ」

その言葉に、私は無気力なまま力を入れて柄を握った。

「一緒に見届けてやる。お前が、がんばるんだ」

お兄さんBは、強い眼差しをこちらに向ける。

時間を無駄にした私を、彼は一度も責めなかった。呆れたような顔もしなかったし、溜息もこぼさなかった。ただ真剣に、私を見つめていた。

私は、お兄さんBを見つめ返す。

剣を握った私の手を、お兄さんBの手が包みこんでいる。無愛想な表情や冷たい瞳とは違い、あたたかくて大きく、とても硬い手だった。これは、剣を握る手だ。

私は、ぎゅっと唇を引き結ぶ。

「ポチ、行きます！」

「おう」

笑みを含んだ声が頭上から聞こえた。掠れたその声に、不覚にも私は少しときめいてしまった。

愛のトキメキパワーを充電させてもらった私は、肉の感触を意識しないよう心がけてさくっとやった。その後三回も刺す必要はあったが、お兄さんBが呆れずに待っていてくれたおかげで、勇気が出た。元気百倍ポチパンマンだ。

ウサギが死んで煙になって消えた後、ぽわんと毛玉が一つ残っていた。

これは〝アイテム〟というものらしく、拾っておいて、後で売ったり加工したりするらしい。

私はその毛玉をそっと手にのせると、ポケットの中に大事にしまった。勝手にアイテムをもらってしまったけれど、誰も私を咎めなかった。

胸の中に溜まっていたものを全部出し切るように深く長く息を吐き出すと、お兄さんBが無言でポンポンと頭を撫でてくれた。

皆は、先を急ぐために歩き出す。すれ違いざまに、お兄さんAとお姉さんが私の背中を強く叩いた。熊将軍は「よくがんばったね」と言って肩を叩いてくれて、お猫様はそっぽを向いたままだったが、時間を食ったことに文句を言わないでくれた。

この時、私はようやく皆の仲間になれた気がして、五人の後ろ姿に深く頭を下げた。

木々の葉が生い茂る森の中では、太陽の位置がおぼろげにしかわからない。

ただ、先ほどよりは陽の光が届いている気がする。今はお昼くらいだろうか。葉の隙間からこぼれる木漏れ日が私たちに光を落としていた。

夜明けに出発したので、もう何時間も歩きっぱなしだ。この体は疲労を感じないものの、急にげんなりとしてしまった。普段、何気なく利用している乗り物のありがたみをこれほど感じたことはない。

道なき道を進んでいくにつれ、皆とのレベル差をまざまざと見せつけられた。私があんなに苦戦して何度も切りつけたウサギを、皆は片手間の一撃で倒していく。

あまりのことに唖然としたが、ウサギは苦しむことなく一瞬で煙になって消えていく。釈然としないものの、よしとした。

道中での会話は、おのおの自由に繰り広げている。

私が会話に入らないと、皆はとたんに饒舌(じょうぜつ)になった。

「あのモンスターに対してはこのスキルが有効」だとか、「この能力が高いと、武器はこちらよりこちらのほうが、コンマ三秒有利に戦える」だとか、「アイテムの回復量とコストを比較すると……」だとか。

そんな皆を見て、私は舌を巻いた。ただ、何を言っているのかはさっぱりわからない。

好きなことに対しては情熱的なようで、無口の世界代表とも言えるお兄さんBさえ白熱のバトルを展開していた。いつもおちゃらけているお兄さんAも真剣な顔つきで話し合っている。

皆、本当にこのゲームが好きなんだなぁ。

私はゲームについて何も知らないことを、ほんの少し寂(さび)しく感じた。けれどそんな表情を浮かべないように、キリリと顔を引きしめる。

私がわからないことに直面すると、彼らは親切に教えてくれる。なるべく質問しないようにしているのだが、どうやら顔に出てしまうらしい。すみませんと謝罪したところ、初心者なんだから当然だと言われた。

このパーティーに入れてもらえて、本当によかった。だけど同時に、自分が足手まといなことを実感する。

せめて自分なりに、何かがんばれることがあればと思った。

「肩揉みやマッサージはいかがですか?」

進路を確認し直すために取った、休憩時間。

皆とは少し離れたところで、腕を天に向けて体を伸ばしていたお兄さんAに、私はすり寄った。

彼は、この世界で最初に言葉をかけてくれた人だからか、一番話しかけやすい。

それに、いつもニコニコしていて安心する。

笑顔とは、それだけで人に元気を与えるものなのだと知った。

何かミスをしても、何か迷惑をかけても。彼は本心で笑っているのだと、楽しそうな空気からよくわかる。その笑顔は、私の暗い気持ちや不安、後ろめたさを払拭してくれた。

彼は、パーティーの太陽のような人だった。

ストレッチをしていたお兄さんAは、私の言葉を聞いて噴き出した。そしてそのまま、いつもみたいに大笑いする。

「ううん、大丈夫。そんなに気を遣わなくていいから」

それだけ言って、彼は再び腹を抱えて笑い出す。

「いえいえ、私、結構上手いんですよ？」

「うん？　そうなの？　じゃあ、そのうちお願いしようかな」

さらにすすめてみたが、華麗にスルー。

これはどうやら、逆に気を遣われてしまったらしい。恥ずかしさとばつの悪さで私は微妙な笑みを浮かべる。

断られてしまっては仕方ない。無理やり詰め寄れば、ただのセクハラになってしまう。私は潔く諦めた。

馬車馬のように荷物運びをさせられたほうが、気持ち的には楽だっただろう。しかし残念ながら、その役が私に回ってくることはついぞなかった。腰に下げた革袋君が、カリスマ主婦もびっくりするほどの収納力を誇っていたからだ。

見た目はそのままなのに、革袋は信じられないほど多くのアイテムを次々と呑みこんでいく。まるで某猫型ロボットがお腹につけているポケットみたいで、かなり便利だ。

意気消沈した私を見て、お兄さんAの口元がひくひくと引きつりはじめる。わなわなと震えるその姿に向かって私は口を開いた。

「笑ってくれていいですよ」

「あーーっははははは!!」

お兄さんAは、潔く笑った。

「お兄さんは、よく笑いますね」

呆れたような、感心したような気持ちで言うと、お兄さんAは笑うのをやめて、こちらを向いた。

「人は鏡だからね」

「鏡?」

目を細めて、私をじっと見つめるお兄さんA。まるで心の奥底を見られているみたいで、はじめてうっすらと恐怖を感じた。

じりり、と思わず後ずさる。

そんな私に、お兄さんAはいつもの笑みを浮かべた。

「そう。ポチも、立派に鏡になってるよ」

「鏡、に……ですか？」

「うん」

「どういう意味ですか？」

「どういう意味だと思う？」

お兄さんAは、すぐに答えをくれなかった。

私は首を捻りつつ、ない頭で考えてみる。鏡、鏡――

「姿を映す、鏡」

「うん」

「同じものを映す」

「うん」

「笑顔を向けると、鏡も笑顔」

「うん」

「笑顔は相手を笑顔にする、ってことですか？」

「うん、そう」

お兄さんAは、満足げに大きく頷いた。

「でもお兄さんの笑顔は、皆の失笑を引き出しているようにも見えますけど……」

「あっはっはっは！」

笑って流すお兄さんAに、私はやっぱり失笑を向ける。

でも、確かに言う通りかもしれない。

お兄さんAが明るく笑ってくれるおかげで、パーティーはずっと明るい。

さすがパーティーの太陽だとうんうん頷いていると、はたと気づいた。

あれ？　そういえば、私も鏡になってると言われた。お兄さんAは笑顔なら、私は――？

「え、うそ！　まさか間抜けさ!?」

「うん？」

「それともうるささ!?　何、ポチの場合の鏡って何!?」

もし間抜けなところやうるさいところだったら……と絶望して頬に両手をあてた。でも、今のところパーティーのメンバーで間抜けな行動を取っている人はいない。皆うるさくもないから、そこじゃないはずだ、たぶん。きっとそうだと信じたい。

とはいえ、私の間抜けさとうるささは、お兄さんAの笑顔以上に失笑される可能性が高い。

ガーン、と打ちひしがれた私だったが、お兄さんAは柔らかい表情で口を開いた。

「君は小さい頃、人に会ったら挨拶しなさいって教わらなかった？」

「教わり、ました」

唐突な問いかけに、私はポカンとしながら頷いた。

「人に親切にしなさいは？」

「言われました」

「困った人を、助けなさい」

「それも、もちろん」

お兄さんAは笑顔で頷く。とても満足げだ。

「うん。僕たちはさ、小さい頃から『人に親切でありなさい』と育てられてきたんだよね」

それができているかはともかくさ、と続ける彼は、今まで見たことがないくらい柔らかな表情をしている。

「僕たちは『人を疑ってかかりなさい』とは教わっていない。教わっていない感情は、とても不自然で居心地の悪さを感じる。だって、そういう風に生きてこなかったんだ。たとえば学校で、初対面の相手に対して『どうやって仲良くなろうかな』とは思っても『こいつを蹴落としてやる』なんて思わないでしょ？　僕たちは信頼する大人に教わってきたように、人を信じたいし、人を助けたい。役に立つなら、自分の力を差し出したい」

お兄さんAの言葉に、私はうんうんと頷く。

彼の言葉すべてがまるっとその通りだと思ったからだ。

そんな私を見て、お兄さんAはなぜか苦笑した。

「そういう心の底にある本音を、君は映し出してくれる感じかな」

私は首を傾げた。パーティーの皆は最初から親切だったし、私を助けようとしてくれた。最初から笑顔で接してくれたけれど、私がそれを引き出したとは思えない。

はてなマークを量産して考えこんでいると、お兄さんAは大笑いしながら、皆がいるほうへ向かって歩き出す。私も慌てて追いかけた。

皆は、それぞれのゲームの記憶を頼りに、この世界の地図みたいなものを地面に書いていた。肩を寄せ合い、「確か北東に海が……」だとか「ここからは南へ」だとか「このあたりに湖があるはずだから、北に迂回しつつ」だとか、情報を照らし合わせている。お兄さんAは、のんびりその輪の中に入った。もちろん、私にできることは何もない。

所在なくぼんやり立ちすくんでいると、大木の陰からこっそり顔を出すネズミを見つけた。ネズミはアリより強かったが、ウサギより弱かった。ここに来るまでの間、何度か一人で退治を任された敵である。

ネズミならお兄さんAを呼んで支援をお願いするほどでもない。忙しそうな皆に声をかけて、会議を中断させるのも悪いと思い、私はその場をそっと離れた。少しでもレベルを上げて、皆の負担を減らしたい。これ以上、皆に迷惑をかけたくない。早く皆に近づきたかった。

ネズミは私を認識すると、驚いたように飛び跳ねて逃げていった。だけど、まだ追いかけられる距離だ。私は慌てて後を追う。

あまり遠くに行かれては道がわからなくなる。これ以上逃げるようなら、追うのをやめようと思っていたところで、ネズミが立ち止まった。

腰の剣に手をあてて、引き抜く。

シャラリ――

何度聞いても聞き慣れない音が耳に入った。

剣を片手に、キョロキョロとあたりを見回しているネズミへにじり寄る。お兄さんBみたいに、ネズミの尻尾（しっぽ）を片足で踏んづけて、剣を刺しやすいよう固定した。

ぴぎぃぴー、と小さな体から鳴き声が上がる。

ごめん、と両手を振り下ろそうとした時――パキッと乾いた枝の折れる音が聞こえた。

両手を掲げたまま、顔だけをゆっくりそちらに向ける。嫌な予感がして、心臓は今までにないほど大きく脈打っていた。

木の向こうからのそりのそりと現れたのは、大きな大きなクマだった。

体長は、少年ポチなどゆうに越している。いや、横幅も合わせればポチの二倍――三倍はあるかもしれない。

赤茶色のクマは、丸太のような太い腕に、鋭（するど）く長い爪（つめ）を持っていた。明らかに、私が相手にしていいレベルではないだろう。今までの道中、一度も見たことがないモンスターだった。

驚きと恐怖に、腰が抜けそうだ。震える足に力を入れようとするが上手くいかない。極度の緊張で、感覚が鈍（にぶ）くなっていた。

逃げるために体を反転させなければと思っているのに、動いた瞬間クマの爪に貫（つらぬ）かれる気がして足が動かない。ゆっくり両手を下ろし、腰を引く。じりじりと足だけで後退していると、枝を踏んでしまった。

小さな音ではあったが、張りつめた空気の中では意外なほどに響いた。まるで映画を撮影する時に使う、カチンコの音みたいに。そしてこの場の演者であるクマは、ゆっくりと私のほうを向いた。

——目が合った。その瞬間、私は駆け出していた。

気が動転し、皆のいる方向に……なんて考えることはできなかった。とにかくクマから逃げなければと、がむしゃらに走った。

夢中で大木の根を越え、枝の隙間をすり抜け、木の葉の上を駆ける。

背後から聞こえる二足歩行の大きな足音は、私の心臓を凍らせていく。もしあれがモンスターではなく四足歩行の普通のクマなら、私はとっくに掴まっていただろう。

ハッハッと浅い呼吸を繰り返す。クマの足音が大きくなった気がして、よせばいいのに恐怖から思わず振り返った。自分で想像していたよりも、だいぶ距離が近い。その事実にたじろいでしまい、足がもつれた。私はそのままバランスを崩し、森の中に倒れこんだ。

慌てて体を起こしてクマと向き合うが、立ち上がるだけの余裕はなかった。恐怖が全身を駆け巡り、悲鳴一つ出せない。

クマが大きく踏みこんで、太い腕を振り上げた。

——あ、終わった。

私は、目の前の出来事を静かに受け入れた。

両手を地面についたまま、身じろぎ一つできずに、その光景を呆然と眺める。

私が自分の生を諦めた、その時だった。

遠くから、何かが聞こえてくる。

それが魔法の詠唱だとすぐに気づかなかったのは、いつものような軽やかさがなく、あまりにも切羽詰(せっぱつ)まった声色だったからだ。

次の瞬間、私とクマの間に大きな氷の壁が出現した。

クマは、氷の壁目がけて手を振り下ろす。鋭(するど)い爪(つめ)は分厚い氷の壁さえたやすく砕いた。

私は奥歯を噛(か)みしめて悲鳴を呑みこんだ。振り下ろしたクマの腕に、タイミングよく矢が飛んでくる。鋭い矢はクマの腕を貫(つらぬ)き、氷の壁に突き刺さった。二本、三本と続けざまに放たれた矢が杭(くい)の役目を果たし、クマは身動きが取れなくなる。

クマが次の行動を起こす前に、斬撃音(ざんげきおん)が響く。音の間隔はとても短く、少なくとも十回は聞こえた。

私が目で確認できたのは三回だったが、強く、深く、斬(き)りこんだのだろう。

クマが動きを止めた格好のままこちらに倒れこんできた。避ける間もなく、私の上に覆(おお)いかぶさる。私は、呆然とそれを受け止めることしかできなかった。

とても恐ろしかったクマは、ゲームのキャラクターであったことを証明するように、私の体の上で煙となり消えた。私は、クマのいた場所をぼんやりと眺める。

「このっ大馬鹿野郎!!」

その時、お兄さんBの怒鳴り声をはじめて聞いた。

すぐさま我に返り、弾かれたように顔を上げる。

怒りに肩を震わせるお兄さんBを見て感じたのは、恐怖ではなかった。

いつもはとても怖い、無表情なお兄さんB。そんな彼が怒っている顔に、私は喜びと安堵を感じていた。感情を抑えきれず、それは涙となって溢れ出す。

「何してんだ！　お前一人で何ができる！　勝手にうろつくな！」

「――ご、ごめんな、さ、い」

極度の緊張のせいで喉が渇き、上手くしゃべれなかった。

「……ごめんな、さ、い。ご迷惑ば、かり、おかけして」

気を抜くと、喉に張りついていた悲鳴がこぼれそうになる。私は必死に、言葉を紡いだ。

「ごめんな、さい。ごめんなさい……。何も、できなくて、ごめ、ごめんな、さ」

しゃくりあげながら、何度も何度も謝罪した。私の声は掠れている上に、震えている。まるで悲劇のヒロインのようで嫌だった。

何もできないから、少しでもがんばりたかったのに――結果、やっぱり私は何もできなかった。加えて、皆に迷惑をかけている。

物語の主人公みたいに、すごい能力なんていらない。ただ、自分の身を守れる程度の力が欲しかった。

怒り心頭だったお兄さんBが、こちらを見て戸惑っているのがわかった。彼は手にしていた双剣を静かに鞘へおさめ、俯いた。

「迷惑なんじゃない」

「そう、迷惑だったんじゃない。心配したんだよ」

お兄さんBのぶっきらぼうな言葉を補足するみたいに、お兄さんAが続けた。どこも怪我なんてしていない私の傍にしゃがみこみ、回復の呪文を唱えてくれる。まるで、私の心を癒（いや）すように。

唖然（あぜん）としている私と目を合わせたお兄さんAは、お得意のスマイルをにこりと浮かべた。

「君が何を考えていて、何を負担に思っているのか、わからないわけじゃない。だけど君と僕たちの差は歴然（れきぜん）だし、すぐに埋まるようなものでもない。負担に感じるかもしれないけど、君にはそれを背負ってもらわなければいけない」

負担に感じているのは私じゃない。負担をかけているのが私なのだ。

私は反論しようとするが、お兄さんAの笑顔の奥の鋭（するど）い視線がそれを止めた。

「君がどう思おうと、この世界にはたったの六人しかいない。僕はその中の誰一人だって、見捨てる気はないよ。六人全員で、誰一人欠けることなく現実世界に帰りたい。わかるね？」

力強いお兄さんAの言葉は、私の心にまっすぐ届いた。戸惑いや恐怖を、一瞬にして拭（ぬぐ）い去ってくれる。

「努力は無駄にはならない。だけど今は努力するより、守られる覚悟を決めてほしい。私たちも、君の覚悟に見合うだけの働きをすると約束するから」

強面（こわもて）の熊将軍は、いつものように穏やかな声を出す。

私は、「何それ」と掠れた声で呟（つぶや）いた。

「君は何もできないと言うけど、そんな君を守らなきゃと思う私たちは、むしろ力をもらっているんだ。正直、私たちだけなら危ない橋をいくつも渡っただろう。しかし、君がいるから抑制できる。

君を守らなければと思うと、踏みとどまれる。君を安全に元の世界へ帰してあげたいと思えば、力が湧く」

「だからポチ、あんたは黙って、私たちに守られてればいいのよ」

守ってあげるから、守られてなさい――そう告げられて、私はお姉さんに飛びついた。「このエロガキが」と言いつつ、お姉さんは私を抱きしめてくれた。

申し訳なさに、心が痛む。謝罪の言葉をいくつも重ねたかった。だけど、それを我慢しろと言われた。守られることを、受け入れてほしいと。

なんですか、そのポジション。我ながら羨ましいです。

涙と鼻水が止まらず、私はお姉さんのふくよかなおっぱいに顔を埋めながら、延々とお礼の言葉を言い続けた。

◆　◇　◆

太陽が山の端に近づくにつれ、森は姿を変えていった。

ふよふよ漂っている白い霧に加え、蛍のような淡い光が地面からポコポコと浮かび上がる。その光は枝葉の間をすり抜け、空に吸いこまれていく。

その美しい光景に、私はしばし言葉を忘れて見入った。

ここがゲームの世界なのだと、あらためて感じる。無事に帰れるまで、私はこうやって何度も驚くのだろう。

食欲や睡眠欲、疲労感がないとはいえ、一日中歩きっぱなしという状況に、人間の脳は慣れていない。パーティーのメンバーは、それぞれ違和感を覚えているみたいだった。

腕を振り上げる速度が遅くなったり、単純な計算間違いをしたり、掴んだはずのものが掴めていなかったり……。それらが徐々に顕著になり、これは軽く見てはいけないと私たちは休むことに決めた。明かりを求め、少し開けた場所で野営の準備をする。

明日からは、もう少し早めに休憩の準備をはじめたほうがいいかもしれない。暗くなると、元々不慣れな野営の作業になおさら手こずってしまう。

夜の森は砂漠ほど寒くなかったが、やはり冷える。

開けた場所を見つけられたおかげで月明かりが届くものの、夜中でもビカビカと明るいネオンに慣れた私たちには、心許ない明るさだ。蛍みたいな光が舞っているとはいえ、決して明るいとは言えなかった。

獣除けも兼ねて、私たちは火を焚くことにした。

「キャンプファイアーはないんですか」とわくわくして聞いたら、熊将軍がまるで孫を見る時のような笑みを浮かべて何度も頷いてくれた。

これは私の出番ですな！　と薪拾い係を買って出たところ、お猫様が何か言いたそうに口を開いた。

「皆さんが見えるところまでしか行きませんので！　あ、それに、怖くなったらすぐに声を上げますから！」

　きっと反対されると思った私は、大慌てでその場を離れた。

　全員の姿が確認できる場所で腰を落とし、薪に使えそうな小枝を拾いはじめる。

　鬱蒼とした森は湿度が高く、どの枝も火がつくか不安なほど湿っている。風とか火の魔法でどーにかしてもらえるかな～などと考えながら、小枝を片手で抱えられるほど集めた頃。

　背後から、穏やかな声が聞こえた。

「一緒に集めようか」

　青みを帯びた銀色の甲冑を、月明かりが柔らかく照らし出す。まるで彼が光り輝いているように見えた。

　熊将軍は私の隣にくると、腰を落として枯れ枝を拾った。彼の太い指が枝を掴むのを見て心が沈む。

　彼が、私を護衛するためにこの場に来たことに気づいたからだ。

……私は、動けば動くほど迷惑をかけるのだろうか。

　ほんの少しの距離しかあいてない、皆がすぐに見える位置。これほど近くても、動いちゃダメなのか。

　熊将軍の鎧は、蛍のような光も反射する。淡く光り、動くたびに金属音がする鎧を、私は思わず睨んでしまった。すると、熊将軍がくすりと笑う。

「ポチくんには、本当に感謝してるんだよ」

彼に「ポチ」と名前を呼んでもらえたのは、はじめてではないだろうか。

とたんに嬉しくなって、顔を上げた。

「私たち五人が出会って、君と合流するまでの数時間。今の空気が信じられないほど、殺伐（さつばつ）としていてね」

なんの話をしているのだろうかと首を傾（かし）げれば、苦笑が返ってくる。

「本当の話だよ。私も含めて、皆ね。すぐには現実を受け入れられなかった」

熊将軍は、珍しく落ちこんだような低い声で続けた。

「今までプレイしていたゲームの中に、自分が入りこんでいるなんて――自分の一挙一動が生死に関わるかもしれないなんて、現代社会において、そうそうあることじゃない。現実の世界でやり残したことも、たくさんある。帰れないのかもしれないという不安が大きく、初対面の者同士、仲良く話し合えるような空気じゃなかった。『全員で助かろう』と言う人間もいなかったし、言われたとしても信じなかっただろう。そんな状況だったんだ」

信じられないのは、こちらのほうだ。

だって、お兄さんAは出会った時から笑顔で友好的だった。

あのお兄さんBだって、抱きついた私を拒絶しなかった。

「そもそも、全員が元の世界に帰れるのかさえわからない。このメンバーで闘（たたか）い、勝者一人が現実世界へ帰れるなんて笑えない設定だったらどうしようと、各自、腹の中を探り合っていた」

嘘だ、だって、私は――

五人の誰にも、何かを探られたり、疑われたり、していない。

「とりあえず全員で取りかかったほうがいいだろうと、いつまでも合流しない最後の一人の探索を提案したのは私だよ。だけど正直、最後の一人に期待はしていなかった。このゲームのクリア条件はわからないけど、ボスを倒せばいいのなら五人の力で事足りていたしね」

熊将軍の話は、私の知らない人たちの話に聞こえた。

「だから君が涙と鼻水に汚れた顔で現れた時、心底驚いた。絆(ほだ)された。私たちの中に欠けていた〝情〟を思い出させてくれた。それからは、君を助けたい、皆で生きて帰りたいと思えた。憶測でしかないけど、きっと私以外の人もそうなんじゃないかな」

何かを探られたり、疑われたりしなかった理由がわかった。私は、それを向ける価値すらないほど、ちっぽけな存在だったのだ。だけど、もし皆の中にもこんな弱い自分がいたとしたら。

「『誰一人欠けることなく現実世界に帰りたい』——あの時の彼の言葉は、本音だったと思う。けど、そんな風に考えられるようになったのは、君と会ったからだと断言できるよ」

あ、鏡。

私は、休憩時間にお兄さんAとした話を思い出した。お兄さんAが私に伝えたかったのは、これだったのだ。

私が合流する前の、殺伐(さつばつ)とした空気。

それは、お互いの警戒心を映し出していたからなのだろう。

背中を向ける相手には、自分も背中を向ける。こんな異常事態の中、よく顔の見えない相手に微(ほほ)

笑むことは、すごく難しかっただろう。

そこに現れたのが、警戒するのも馬鹿らしい、涙と鼻水を垂れ流した駄犬。

つるっと剥いたライチみたいに無防備な姿は、熊将軍やお兄さんAの緊張をほぐしたのかもしれない。ただ、二人のことだ。私がいなくたって、きっと手を取り合う道へ進んでいただろう。

「君は、春風のように、私たちに笑顔を運んできてくれた」

その言葉を聞いた時、熊将軍が薪を拾いにきた本当の理由に気づいた。

「刺々しい空気が消え、警戒していた皆の心を急速にほぐしてくれた。私たちには、君にない力がある。だけど君も、私たちにない力を持っていた。とても大切なことを思い出させてくれたのは、君だよ。ポチくん」

頑なな私に伝わるように、何度も何度も、必要なんだと伝えてくれる。そんな彼の優しさを、どうやって受け止めればいいのだろうか。

いてもいい、じゃない。いてくれ、と言われている。

昼間にも、同じようなことを言ってくれた。だけど熊将軍は、私がそれを慰めの言葉としか受け取っていないことに気づいていたに違いない。だから今、こうしてあらためて伝えてくれているのだ。

気がつくと涙が溢れていた。お兄さんAの言っていた、鏡。私も、鏡になりたい。

皆にもらった優しさや愛情を、全身全霊で返していきたい。

「あの、あのっ。ありがとうございます、ありがとうございます。嬉しいです。ありがとうございます」

次から次へと涙が溢れ、鼻をすすった。すると熊将軍が、私の鼻にハンカチをあててくれた。

鎧の中にハンカチを持っているなんて。

きっと現実の彼は、三十歳くらいで子育て真っ最中のイケメン紳士だわ。そんなことを思いつつ、チーンと鼻をかんだ。


泣き腫らした目が元に戻った頃、熊将軍と二人で両手にいっぱいの枝を抱え、皆のもとに戻った。

お兄さんAがそれを見て褒めてくれる。

私は先ほどの鏡の一件を思い出し、理解しましたよ！　のつもりで親指を立てた。お兄さんAもすごくいい笑顔で、親指を立ててくれる。爽やかすぎる笑顔だが、私の意図が通じたかどうか微妙なところだ。

湿気った枝をお姉さんに渡し、魔法で乾燥させてほしいとお願いした。

しかし、皆きょとんとした顔をしている。アウトドアには、あまり興味がないのだろうか。

それからしばらくして――

「うーん……火がつかないわね」

枝の乾燥を終えたお姉さんは、失望まじりに呟いた。見ると、魔法でそのまま枝に火をつけようとしている。

私は枝の中からそこそこ太さのあるものを選び、お兄さんBに渡した。なんとなく、一番刃物を使い慣れていそうな気がしたからだ。

「あの、これを削ってほしいんですけど。皮を剥ぐみたいな感じで」

「削る？」

お兄さんBは、訝しげに枝を見ている。私は身振り手振りで説明をした。

「眉ペンの芯を出す時みたいな感じで……えーと……！」

眉をひそめるお兄さんBを見て、お兄さんAが援護してくれた。

「鉛筆を削った後の削りかすみたいな感じ？」

「いえ、それよりもっと大きくて大丈夫で……」

「じゃあ、鰹節を削った感じかな？」

「あ、それに近いです……！」

「わかった」

お兄さんAのおかげで、お兄さんBは心得たとばかりに手を動かす。

お兄さんAがこちらを見てにっこり微笑んでくれたので、私も同じように笑った。

それからすぐ、お兄さんBが木屑を差し出してきた。渡されたものを見て、私は小さく首を振る。

「もう少し長めで……あ！　裂きイカみたいな感じで！」

お兄さんBは裂きイカで合点がいったのか深く頷き、太い木をスルスルと細長く削ってくれる。

私はその出来栄えに大いに満足して何度も頷いた。

私の横から覗きこんでいたお兄さんAが、「うーん、一杯やりたいなぁ」と呟く。

お兄さんＢは私の注文通りに、裂きイカもとい木屑を大量生産してくれた。

私は、空気を含むようにそれをふんわり丸める。そのまわりに小枝をくべていき、中心部に埋もれた裂きイカ木屑に火をつけてほしいと、お姉さんにお願いした。彼女が魔法で火をつけると、炎は一気に大きくなる。

焚き火は、優しくあたりを照らした。その明るさは、安心感を与えてくれる。

オレンジ色の炎を見つめ、全員がほっと息をついた。

冷え切った体をあたためるように、皆が焚き火に集まる。炎に手をかざしながら、皆の顔をそっと盗み見る。それぞれ穏やかな表情で、火にあたっていた。

「――ちょっと、こっち」

そんな声が聞こえて、横から腕を掴まれた。そのまま強い力で引っ張られ、私はたたらを踏む。

驚いて声も出せない私には構うことなく、お猫様は私の腕を掴んだまま歩き出した。彼とは、昼頃から一言も言葉を交わしていない。

どうしたのだろうかと不安になって皆を振り返る。

お猫様に引きずられている私を見たお兄さんＢが、こちらに向かおうとしていた。その表情からは何もうかがえないが、おそらく私たちを心配してのことだろう。それくらいは、わかる。

しかし熊将軍とお姉さんが、そんなお兄さんＢを宥めるようにとどまらせた。

お兄さんＡは、こちらに向かって手を振っている。

え、誰も止めてくれないの？

呆気に取られた私は、ずるずる地面に足跡をつけながら、お猫様に引っ張られて森の中へ入っていった。

連れてこられた場所は、皆からはさほど離れた場所ではなかった。草の茂みの向こうから、皆が談笑する声がかすかに聞こえる。

お猫様が傍にいるので、モンスターに対する恐怖心は湧き上がってこなかい。だが、一体何を言われるのだろうかと少しばかりビクビクしてしまった。

いくらお気楽な私でも、お猫様に好感を持たれているとは思えない。

お猫様は私の腕から手を離すと、横目でチラリと私を見た。私の体に緊張が走る。そんな私に少しの戸惑いを浮かべたお猫様は、口元に手をあてて指笛を吹いた。

ピューーーイ、とまるで鳥の鳴き声みたいな澄んだ音が響く。綺麗な音色はそのまま葉に吸いこまれ、森に沁みこむように消えていった。

再び静寂に包まれた森をポカンと見つめていると、どこからともなく煙が漂ってきた。

木々の隙間を縫うように四方から漂ってきた白い煙は、闇夜も相まって、ホラー映画の一幕に見える。私は思わず震え上がった。

その煙はどんどん大きく膨らんでいき、やがて形になっていく。それは昼間対峙したクマなんて目じゃないほど大きい、凶猛なオオカミだった。

え、リンチ？　絞められるの？　せいぜい暴言吐かれるぐらいだと思っていたのに、まさかの頭からがぶりんちょコースですか？

ピシリと音を立てて固まった私に気づいていないのか、お猫様はどこか得意気な顔をして、オオカミの背を撫でた。人が三人は乗れそうなほど大きい。

「撫でたいなら撫でれば」

ツンとそっぽを向き、強気な口調で言ったお猫様。私は、どうしていいのか心底迷った。正直、一ミリだって触りたくない。

そもそもオオカミなんて、生まれてはじめて目にしたんですけど。

っていうか、この大きさは何？

え？　これは助けを求めに走っていいレベル？　大声で救助要請出していいレベル？

しかし私はその逡巡を悟られぬよう必死に押しこめて、そろりとお猫様を見る。彼はオオカミを撫でながら、催促するかのように私を見つめていた。

その瞳は、今までみたいに私を邪険に扱ってはいなかった。揺れる瞳の中に、さまざまな感情が見える。葛藤、焦り、迷い——

私はぎゅっと強く目を瞑り、勢いよく開いた。そしてお猫様に見守られながら、オオカミに向かって一歩踏み出す。

……地面に伏せているのに、私の身長より顔の位置が高い。べろりと舐められたら、それだけで心臓が止まってしまいそうだ。

ゆっくり近づいていき、その艶やかな毛並みにそっと手を置いた。しっかりとした毛並みは、ふわふわもこもことは程遠かったが、しなやかで触り心地はよかった。

あたたかい毛並みを撫でているうちに、私の緊張していた心がほぐれていくのを感じる。大人しく撫でられているオオカミくんにも、すっかり魅了されてしまった。

実家で飼っているポチを思い出し、耳のあたりを触りたくなったが、さすがに手が届かない。今にもオオカミくんに抱きつかんばかりの体勢だ。

その時、お猫様が呟いた。

「……あのさ」

私に言ったのか判断はつかなかったが、とりあえず、惚れぼれする毛に埋めていた顔を上げる。

「……怖かったんならさ、ちゃんとそう言ってくれない？」

え？　今さら!?　触れって言われたからオオカミくんに触ったのに!?

驚いて凝視すると、わずかに眉を寄せて所在なさげに俯くお猫様がいらっしゃった。

お猫様は、切羽詰まったような声で続ける。

「平気そうな顔でへらへらして。それで怖がってるって、わかってもらえるとでも思ってたわけ？誰もあんたのことなんて、一から十まで見てないんだよ。あるかないかわかんないような機微に気づいてほしいとか、傲慢にもほどがあると思わない？」

急にはじまった糾弾に、私はどうしていいかわからず途方に暮れた。

彼の言っていることは、その通りだ。しかし、彼が私に何を伝えたいのかが、わからない。

機微に気づいてほしいと思ったことはないのだが、知らないうちに、かまってちゃんになっていたのだろうか。

「何言われても頓着してないような顔してさ。余裕のつもり？　なんにも知らないくせに。——あんたは、なんにも知らないくせに」

突然、お猫様の語尾が震えた。

「馬鹿なんだって。こんな時に、そんなへらへらへらへらへら。何考えてるんだって、あぁ、何も、考えてないんだっ、て……」

震える声は、次第に尻すぼみになっていった。

私は、そろりと彼の顔を覗きこもうと体を動かす。

お猫様は突然、顔を上げて何かを振り切るように大声を出した。私は驚いて一歩下がる。

お猫様の迫力に負け、こくこくと小刻みに頷く私に、彼は舌打ちする。

「——悪かったよ！」

「だから！」

「はいいいい」

声がひっくり返ってしまった。

そんな私を見て一瞬言葉に詰まったお猫様は、小さく息を吐いて言葉を続けた。

「だから、置いていこうとか、邪魔だとか……言って、悪かったよ」

あぁなるほど、と合点がいく。彼は、私に謝りたかったようだ。

しかし、私は彼の言葉に悪感情を持っていない。むしろ、正論だと思っていた。

私は私で、意思表示をしっかりしなかった。今なら「連れていってください」と自分の言葉でお願いできるが、あの時は無理だった。言えなかった。何も自分で決めようとしない私に、お猫様が苛つくのにも頷けた。だから、あれは言われて当然のことだったのだ。

「あんたなんか、絶対足手まといにしかならないってわかりきってた。ウサギにさえ苦戦して、クマが出ることも知らなくって。やっとこさ、ネズミが倒せる程度。それで、どうやったら塔までついて来られると思うわけ。どうやったら、塔の敵から身を守れると思うわけ」

彼は頭をかきむしりながら、言葉を続ける。

「大体、エリアボスにそんな弱さで突っこむなんて、何考えてんの？　初心者なら何してもいいって？　あんた、俺たちが気づくのにあと少し遅れてたら、どうなってたかわかってるわけ？」

後で聞いた話だが、あのクマはエリアボスと言って、あそこらへんのエリアの元締めだったらしい。普通のフィールドモンスターより桁違いに強く、初心者は皆、等しくしごきにあうらしい。もちろん、パソコン越しにだが。

つまりは、むやみやたらに敵へ突っこむなということか。そう解釈した私は、艶やかな毛並みから手を離して、頭を下げようと腰を折った。

「ご迷惑をおかけしてしまって――」

「謝れってんじゃないんだよ！　わかれよ！」

何をですかとは聞けず、私は頬を引きつらせた。

彼とは、ほとんど言葉を交わしていない。彼の真意を理解できるほど親しくもなく、彼が何を言っているのかわからなかった。

「へらへらへら笑ってる人間が実は傷ついてるなんて、思うわけないだろ！　弱いこと気にしてて、エリアボスに突っこんでいくほど、追いつめられてるなんて！　……わかるわけ、ないだろ」

震える声があたりに響く。

彼の声の震えは怒りのせいではなかったのかと、私は目を見開いた。

驚いて顔を上げれば、前髪を掴み、顔をくしゃりと歪(ゆが)めたお猫様がいた。ふわふわと光る蛍(ほたる)みたいな光が、お猫様に寄り添うようにくっついていく。

「こんな異常事態で、俺のせいで、あんたが……追いつめられて、死にに、行ったんじゃないかって……」

前髪を掴んでいたお猫様の手は、彼の顔を覆(おお)い隠す。そのままずるずると、オオカミくんに背をあずけてしゃがみこんだ。座った拍子に立てた膝に顔を埋めて、お猫様は完全に顔を隠してしまう。私が慌てて近づき膝を折ると、彼は蚊(か)の鳴くような声でぽつりと呟(つぶや)いた。

「……ごめん」

今にも泣き出しそうな、雪のように消えてしまいそうな儚(はかな)さだった。

その声を聞き、私はようやく気づくことができた。

お猫様もまた不安だったのだ。私にさえ見栄(みえ)を張れないほどの恐怖を感じていたのだ。

申し訳なさに、私の胸は軋(きし)んだ。

けれど今、彼にかける言葉は謝罪ではないと心を奮い立たせる。

「謝らないでください。大丈夫です。生きてます。ほら、生きてます」

しゃがみこんだ彼の腕を取って、きゅっと握る。私の心臓の音を聞かせたかったが、熊将軍に借りた分厚い鎧（よろい）の上からでは聞こえないだろう。

私が腕を取った時、お猫様は一瞬ピクリと耳を動かしたが、顔を上げることはなかった。

「貴方（あなた）に言われた言葉は、傷になっていません」

一つひとつの言葉を丁寧に――

「当然のことを主張しただけです。クマに遭遇（そうぐう）してしまったのは、百パーセントこちらの過失です」

しっかり、強く。彼の心に届くように。

「貴方は、なんにも悪いことなんてしてません」

確かに、彼の言葉が私の行動のきっかけにはなったかもしれない。

だけど、彼がすべての責任を感じて苦しむ必要は、まったくない。私に負い目を感じる必要は、まったくないのだ。

「違う、俺が」

「悪くないです。だって、自分のレベルが低いこと、気にしてましたもん。この世界の知識が全然ないことにも、引け目を感じてました。だから、たとえ貴方に何か言われていなくても、私はクマと遭遇するハメになっていたと思います」

今はじめて、彼と向き合っていると感じた。私はきっと、彼に背中を向けていたのだろう。だから、彼も背中を向けたままだった。

ようやく気づくことができた。これからじゃ、遅いだろうか。手を取り合うのに、間に合わないだろうか。

「……けど」

彼は、なかなか顔を上げてくれない。

私は、お猫様の手をぎゅっと握った。すると彼の体は硬直したが、しばらくして、ほんの少しだけ握り返してくれた。

私は嬉しくなって、口を開く。

「大丈夫ですよ」

私の言葉に促(うなが)されるように、お猫様はゆるゆると顔を上げる。

うっすらと涙の浮かんだ瞳が、私を捉(とら)えた。

私はふと、現実の世界にいる弟を思い出した。お猫様がいくつなのかはわからないが、今の彼の表情は、かつて何度も見たことがあるものだ。

互いに成人した今でこそなくなったが、幼い頃、私と弟はよく姉弟喧嘩(きょうだいげんか)をした。当時、弟は引っこみがつかなくなると、泣きそうな顔で私をうかがっていた。その様子に、憤(いきどお)りよりも愛しさが勝ってしまい、私が折れて仲直りをした。

天邪鬼(あまのじゃく)で意地っ張り。お猫様は、弟によく似ている。

私は先ほどの熊将軍との会話を思い出し、破顔(はがん)した。私は大丈夫。だって——

「皆が助けてくれますから」

何を言われたのかわからないと言うように、お猫様は眉を寄せた。

「大丈夫です。この先、私が危険な目に遭ったら、貴方を含めた五人が守ってくれると信じています。信頼しているんです。短い時間しか経っていませんが、仲間になれて嬉しいと心の底から思っています」

お猫様は何も言わなかった。ただ唖然とした顔で、私の話を聞いている。

「私が怖いと言わなかったのは、そもそも怖くなかったからです。怖いと思ったのは、この世界に来たばかりで一人きりだった時だけです。皆と合流してからは、まったく怖くありませんでした。皆がどうにかしてくれるって、わかってたからです。他力本願すぎて、怒られそうですけど」

自分なりに言葉を尽くしているつもりだが、この気持ちは伝わっているだろうか。

「それほど貴方たちは頼りになるんです。回復アイテムの存在一つ知らなかった私にとって、どれほど貴方たちの存在がありがたいか、わかりますか？　貴方たちは希望なんです。そんな人たちが傍にいるから、怖くないんです。こんな甘ったれですが、これからもどうぞ守ってください。よろしくお願いします」

私はお猫様の手を強く握りしめて、深く深く頭を下げた。

「ばっかじゃないの」

再び膝に額をつけたお猫様は、掠れた声で呟いた。続いて、ずずっと鼻をすする音。

どうやら、私たちは互いに向き合えたらしい。

私は素知らぬふりをして、お猫様の隣に寄り添い、オオカミくんの毛に顔を埋めた。淡い蛍(ほたる)のような光が、まわりをふよふよと漂う。

無事に元の世界へ帰れたら、彼を親友に紹介したい。こういう天邪鬼(あまのじゃく)な子が大好きだったはずだ。

彼女風に言えば、確か、ええと、つんでれら？

第三章　背を追いかけた四歩目

どうやら私は、ツンデレラに弟分として認定されたらしい。

ツンデレラに手を引かれて野営地に戻ると、皆は切り株を囲んで談笑していた。

こんなに大きな切り株、見たことがない。まるで絵本に登場しそうだ。森の住人たちが取り囲み、ホットケーキを焼いたり、オムライスを食べたり——そんなシーンの似合う切り株だった。

先ほど灯(とも)した火は、消えることなく薪(まき)の上で踊っている。皆の背後で、パチパチと音を立てて火の粉(こ)を散らした。闇夜に炎の色が映(は)えて、幻想的な一枚の絵を見ているようだった。

私とお猫様に気づいた熊将軍は心配そうな表情を浮かべたが、私の笑顔を見てすぐに微笑(ほほえ)んでくれた。

「おかえり」

「うん」

「ただいまでーす！」

熊将軍の言葉に、お猫様はそっぽを向いて、私は元気に答える。

そんな私たちに、にこりと微笑んでくれたのはお兄さんAとお姉さん。お兄さんBは、ちらりとこちらを見た。

私とお猫様が何をしていたかなんて、誰も聞いてこなかった。

熊将軍、お兄さんA、お姉さんは、おそらくある程度察しているに違いない。お兄さんBはわからないが。

「何を話してたんですか？」

私が尋ねると、お兄さんAが何かを取り出す。

「ん、君たちが帰ってきたら、これを試してみようかって」

彼の手には、綺麗なガラス球がのっていた。

赤、青、黄、緑、桃、黒。

渦を巻くような神秘的な光を閉じこめた丸い球は、炎に照らされてキラキラと光っている。

興味津々な私とは違って、お猫様は興味なさそうにそっぽを向いている。ちなみに、まだお猫様には手首を握られたままだった。

「ガラス球？」

「〝運試しの王点〟というアイテムだよ。これを投げつけると、ゲーム世界のアイテムが一つ手に入るんだ。まぁ、簡単に言えば宝くじみたいなものかな」

お兄さんAの解説に、私は目を輝かせる。

「へーえ！」

「倉庫に溜まってたのを持ってきたんだ」

「え？　倉庫？」

「あー……街にある、荷物入れみたいなものかな。持ち運ぶほどじゃないけど、捨てたくないものなんかを入れとく場所」

「へぇー。便利なものがあるんですね～」

トランクルームのようなものだろうかと頷けば、お兄さんAはにっこり笑って手を差し出した。

「うん。詳しいことは、元の世界に帰ってから説明してあげるね。はいこれ、ポチからどうぞ。一つ選んで」

「えっ、いただいてしまってよろしいんですか？」

「もちろん。いくら僕でも、皆の前で六つを投げたりしないよ」

お兄さんAは、皆にも見えるように手のひらを差し出した。

私は顎に手をあてて、真剣にガラス球を見つめる。

一方のお兄さんAは、お猫様が掴んでいる私の手を見て、口をぐにゃぐにゃに曲げて変な顔をした。いや、変な顔ではない。確実に、笑うのを堪えている顔だ。

私はそれにかまわず、綺麗なガラス球を一つ摘まんだ。

「じゃあ、黄色いただきます！　元気印だし！　ありがとうございます！」

「カレー好きなキャラの色よね」

「え？」

「あと阿呆な子が多いイメージもあるなぁ」

「なんですって！」

お姉さんと熊将軍がなんのイメージからそう言ったのかはわからないが、まさしく私を指している気がしてクリーンヒットを受ける。

「確かに、代々お調子者やムードメーカーが多かったな」

お兄さんBまで話に加わるが、なんの話なのか、さっぱりわからない。

黄色のガラス球を握りしめた私を、お猫様が鼻で笑う。

「バカにはピッタリなんじゃない？」

その台詞(せりふ)にすら愛を感じて、私はにやけてしまった。すると、お猫様が私の両頬を思いっきり引っ張る。

「はい、じゃあ皆、好きなの取ってってー」

お兄さんAの声を合図に、皆は一斉にガラス球を覗(のぞ)きこんだ。

「じゃあ私は女の子だし、ピンクをもらおうかしら」

「僕は参謀の青～」

すぐに球を選んだお姉さんとお兄さんA。一方、熊将軍は少し悩んでいる。

「じゃあ私は……」

「リーダーだし赤でしょ」

「赤ね」

「じゃあ赤をもらおうかな」

熊将軍は、お兄さんAとお姉さんの助言により色を決めた。

「俺は」

「黒でしょ」

お猫様が色を選ぶ前に、お兄さんAが口を挟む。

「な、なんでわかるんだよ！」

「え、だって厨二っぽいし」

「なっ……！」

「こら、いじらない。はいどうぞ、裏切りのブラック」

そう言って、お姉さんが黒い球を差し出した。

「裏切らねーよ！」

「じゃあはい、あまりものだけど緑をどうぞ」

「ありがとな」

お兄さんBは、お兄さんAから緑の球を受け取った。

全員の手に球があるのを確認して、お兄さんAはにこやかに頷いた。

「じゃあいくよ、せーのっ」

え、え？　と周囲を見れば、皆がガラス球を握りしめている手を振りかぶっていた。私は大慌てでそれにならう。

球を地面に強く叩きつけると、カラフルな火花がバチバチッと散った。

ひゃあ！　としゃがみこんだ私に、皆が噴き出す。熊将軍までも、笑いを堪えた顔をしていた。

「大丈夫だよ」

そう言って手を差し伸べてくれた熊将軍。私が立ち上がると、お兄さんＡは笑いながら何かを差し出してくれた。

「ポチのはこれだね」

それは、手のひらサイズの綺麗な小瓶に詰められた、綿菓子のようなものだった。朝露みたいな粒がキラキラと光っている。

思わずじっと眺めていると、お猫様の声が聞こえた。

「まぁ、こんなもんだと思ったけど」

そう言った彼の手には、七色に輝く鱗がのっている。

「何それ、〝人魚の鱗〟？」

「どうせ収集品でしょ」

お兄さんＡの問いかけに、お猫様は興味がなさそうに答える。とても綺麗なのに、〝人魚の鱗〟は彼の心を掻きたてないらしい。

お猫様はそれをくるくると弄った後、自分の革袋に突っこんだ。

「それは？」

「〝アロエ〟」

お兄さんＡに尋ねられ、お兄さんＢが答える。

「蚊に刺されたら重宝するわね」

キャンプで活躍しそうなアイテムを手に入れたお兄さんBは、お姉さんの言葉に静かに頷(うなず)いた。

次に、お兄さんAはお姉さんのほうを向いて腕を組んだ。

「んー、君のはどう見ても……」

「似合う？」

「〝オークの仮面〟かぁ。なかなか、うーん」

「おおおおお姉さん、そんな格好しちゃだめぇえ」

私は思わず、お姉さんに手を伸ばした。

「うふふ」

猪(いのしし)とも人間とも言いがたい、かなり不細工(ぶさいく)な仮面を顔にあてるお姉さん。彼女は私の腕をひらりと避(よ)け、天女のような軽やかさで一歩下がる。

「……で、聞きたくないけど。あんたのは？」

お猫様が、お兄さんAにジト目を向けた。お兄さんAは、微笑(ほほえ)みながら手にしていたものを見せつける。

「うん？　〝堕天(だてん)の指輪〟」

「腹が立つ！　腹が立つ!!」

「世の中の不公平さを見るようだわ」

お猫様は何やら憤慨(ふんがい)し、お姉さんは溜息(ためいき)をこぼしている。

「ど、どうしたっていうんですか？」

「稀にみるレアアイテムだな……」

オロオロする私に答えてくれたのは、お兄さんBだった。

「れあ……みでぃあむ？」

「肉じゃないわよ。高級品ってこと」

お姉さんの言葉に、私は目を瞬かせた。

「おおおー……さすがお兄さん……」

皆は、苦虫を噛み潰したような顔をしている。なんとなくその価値を察することができた。きっと、ものすごく高いんだろう。

「あははは。まぁ、僕より断然良さそうなのがいるけど」

今まで穏やかに皆を見守っていた熊将軍は、にっこりと微笑んだ。

「……それ、何」

お兄さんAに対する時とは、あまりにも違うお猫様の表情。私は、ゴクリと息を呑んだ。

「多分だけど、〝魔王の角〟かなぁ」

その瞬間に、絶叫が響いた。

「キタよ！　ほら！　これだからリアルラック振り切れてるやつは!!」

「リアルラックが天元突破……」

お猫様とお兄さんBの言う「リアルラック」とは、なんのことだろう。私は首を傾げた。

「あーははははは!!　すごいねぇ、まさか、こんなところでS級レアが見られるとは……いやはや、当てる人間なんて本当にいるんだなぁ」

「あの高級装備品たちの理由は、ここにあったのね……」

お兄さんAとお姉さんの言葉の意味もわからない。

熊将軍が手にしているのは、大きな生姜のような、乾物に似た物体だ。皆、遠巻きに覗きこんでいる。しかし、決して近づこうとはしなかった。

「もっと旅に役立つものが出ればよかったんだけど」

そう言って、熊将軍は「ポチくん、これいる？」と続けた。

私は熊将軍と乾物を交互に見た後、お姉さんに判断を仰いだ。

「……あの、これって受け取っていいような値段のものですか？」

「ポチの基準によるわね」

「そうですね、お中元でタラバ蟹缶の詰め合わせとか来ると、震え上がります」

「やめとけ」

すかさず入ったお兄さんBの忠言に、私はこくこくと頷いた。

「ですよねぇえ!!　せっかくなんですが遠慮させてください。それにほら、私には魔王より天使のほうが……いえ、黙ります！」

お猫様の呆れた視線にすぐさま言い直した私だったけれど、お姉さんに揚げ足を取られてしまった。

「それで、天使ポチちゃんはなんだったのかしら」

「うあああん、意地悪やめてくださいようううう」

自分でボケたとはいえ、身悶えするほど恥ずかしい呼称で呼ばれた私は、俯きながら手にしていた小瓶を差し出した。すると、皆は面白そうな目をこちらに向ける。

え、どういうこと？

当然だが、私にはこの小瓶がなんなのか、まったく見当もつかない。

「それ、なんだと思う？」

「ええーと……蚕さんを飼ってる、とか？」

お兄さんAの問いかけに答えると、彼は楽しそうに頷いた。

「なるほど、じゃあそれでいこう」

「えっ!?」

「蓋を開けて、蚕さんを取り出してごらん」

にやにやと笑うお兄さんAを警戒しなかったと言えば嘘になる。

絶対ろくでもないこと考えてるな、と頭ではわかっていても、キラキラ光る瓶の中の綿菓子の魅力に抗えなかった。

「で、では、せーのっ」

蓋を外すと同時に、キュポンッと音が鳴る。思わず目を瞑ってしまったが、想像していたような衝撃は何もなかった。

「ひょ？」

目を開けて、私は瓶の中身を取り出す。すると、お兄さんAが今にも噴き出しそうな表情をした。

「もう、なんなんです……か!?」

私の言葉は、スムーズに続かなかった。

体に異変を感じたのだ。

喉が焼けるように熱いとか、頭が割れるほど痛いとか、そういうことではない。まるでトリモチでもつけられたみたいに足が地面に吸いつき、ピクリとも動かなくなった。

「わひゃ！　わひゃ!?」

「わひゃって、わひゃって!!」

あはははは、とついに笑い転げたお兄さんA。お兄さんBとお猫様は、そんな彼に白けた目を向けている。私は混乱しながら、口を開いた。

「こ、これ、どうなって」

「ポチくんが出したアイテムは、〝朝露の蜘蛛糸〟。敵を足止めするのに使うアイテムかな」

熊将軍の説明に、私は目を見開く。

「……足止め、足止め!?　足止めされてる！　え、でも敵、敵!?　ポチは、敵!?」

「あっはっはっはっは！」

「可哀想にポチ、明日の朝まで動けなかったら助けてあげるからね」

そう言ったお姉さんに向かって、私は叫んだ。

「え、ちょ、そんな長い間なんですか!?　ひぃいいいん、助けてえええ」

「あっはっははは!!　あはっははははははは!!」

「こいつうるさいから捨てて来てくれない」

「全面的に賛成する」

お猫様が笑い続けるお兄さんAを指差して言うと、お兄さんBが頷いた。そのまま、皆はどこかに向かおうとして――

「ちょ、ま、皆どこに……わーーーーん！　うそ、置いてかないでーー!!」

宵の闇に、私の悲鳴が木霊した。


その後、皆はすぐに戻ってきてくれて、私の隣で楽しそうにおしゃべりをはじめた。ちなみに私は相変わらず直立不動。学芸会で木の役を与えられた子供よろしく、大人しくしている。ちょいちょい皆の会話にまざってはみたが、お兄さんAが私を見るたび顔面が崩壊するレベルで大笑いしてくれるため、私はおとなしく木に徹することにした。

アイテムの持続時間は思いのほか短く、およそ十分ほどで動けるようになった。

動けるようになると、「お疲れ様」と言って熊将軍が優しく膝を撫でてくれた。十分立っていることなど屁でもなかったが、ありがたくその言葉を受け取る。

食事の必要がないせいか、私たちはとてものんびりと過ごすことができた。皆は、楽しそうにゲームの会話に花を咲かせている。

「自分でノルマ決めてやってる時とか、ゲームが終わっても攻撃音が頭の中で響いてたりするよね」

そんなお兄さんAの言葉に、お姉さんが同意する。

「あるある。パソコンつけたまま寝たりするとSEで目が覚めたり」

「BGMつけっぱなしもやばい。夢の中でも狩りしてる」

そう言って頷いたのは、お猫様だ。

「皆……割と病んでるんですね……」

衝撃を受けて思わず本音で突っこんでみれば、皆——なんとお兄さんBまでも驚いたような顔をしてこちらを見た。そして気まずそうな、照れたような顔をして、全員が顔を背ける。

「普通の感覚だとやっぱりそうなのか……」

お兄さんBの言葉に続けて、お兄さんAが頭を抱えた。

「ダメだ。僕、もう廃人なのかもしれない。ギリギリ一般人だと思ってたんだけどなぁ」

「十二時間耐久で狩りとかやっちゃったりするもんねぇ」

お姉さんが言うと、皆がうんうんと頷いた。

ドン引きした私に、お兄さんAが笑って口を開く。

「でも一番やっかいなのは、二次元と三次元がごちゃまぜになっちゃうことかな」

「どういうことですか？」

よくわからずに首を傾げると、お兄さんAは爽やかな笑顔で説明してくれた。

「たとえば、バイトに遅れそうで走ってる時に『〝速度増加〟が欲しい』とか、風邪引いて寝こんでる時に『今、体力回復したい』とか」

「わー、でもそれは便利そう」

「外に出るのが面倒な時には『転環を開けたい』って思うしなー」

転環？　あの光の環のことだろうか？

確かに、ゲームで支援魔法をフル活用しているお兄さんAは、その感情もひとしおだろう。言葉にこもる熱が半端じゃなかった。

「わかるー。私が一番思うのは、セックスしてる時かなぁ」

「へ？」

お姉さんがそう言うと、お猫様が裏返った声を上げる。

「お互いに〝基礎体力増加〟、腰動かしてる時に〝速度増加〟、一発終わった後に〝体力回復〟。あ、ナカには〝攻撃力増加〟、アレには〝物理攻撃防――」

「じょ、女性がなんてことを」

大慌てで立ち上がってお姉さんの口を塞いだのは、熊将軍だった。お猫様は許容量を超えたのか、いつもの憎まれ口も出てこないほど顔を真っ赤にしてあわあわしている。

「あら、でも皆も思うでしょ？」

お姉さんは、熊将軍の鎧に覆われた大きな手をそっと口からどかし、悪びれなく言った。すると、お兄さんAが同意する。

「確かに。しかも今なら試せるときた」

「こら！　ダメだよ‼」

熊将軍が勢いよく立ち上がると、鎧（よろい）が大きな音を立てた。大木のような大きな体を揺らして慌てる熊将軍の顔は、真っ青だ。お姉さんは、そんな彼を見てころころと笑う。

「なんてこと言うんだい。まったく」

厳しい顔をしてお兄さんＡを諌（いさ）める熊将軍に、私は頷（うなず）いた。

「本当に。こんなところでお姉さんに無体を働こうとするなんて、言語道断（ごんごどうだん）です。やるなら、ちゃんとプライバシーに配慮しないと。私もがんばりますからね、お姉さん！」

自己主張も忘れずに付け足すと、お兄さんＢに「おい」と小突かれる。

「だって射精してみたい！」

現実の世界では絶対に味わえないそれを、一度は味わってみたいではないか。

「童貞だもんねぇ、ポチ」

私のしょうもない言葉に乗ってくれたお姉さんに、勢いこんで尋ねる。

「奪ってくれますか⁉」

お姉さんほどお色気ムンムンなら、大歓迎だ。同性ではあるが、今の私の体は男性のもの。あの大きなふわふわおっぱいを押しつけられただけで、余裕でその気になるかもしれない。

それに、お姉さんのテクニックも味わってみたい。現実世界に戻ってからの参考になるかもしれないし……と割と本気でにやにやしていると、お兄さんＢに大きな溜息（ためいき）をつかれた。

「お前はリアルでがんばれ」

リアルじゃ転んでも無理なんですよ、お兄さんＢ！

頬を膨らませて横を見れば、顔を真っ赤にさせたお猫様と熊将軍が俯いていた。


その後、おのおの休憩しようということになった。

私は一人で木に寄りかかり、蛍のような光をぼんやりと眺める。淡い光は次から次に現れ、空に消えていった。

暗い夜は、それだけで不安を生む。その不安は、夜をより寒く感じさせた。

熊将軍に借りた装備の上から、腕をこする。ふうっと吐いた白い息は、宙に溶けていった。

夜の森をぼうっと見ていた私は、あることに気づいた。

パーティー内で一番の露出度を誇る人は今、どんな格好をしているのか。大幅に素肌をさらし、申し訳程度に布切れを身にまとっているだけのお姉さん。目の保養ではあるが、この世界の夜は身を切るような辛さだろう。

現実世界の私は冷え性で、夏でさえ手足が冷たくて困っていた。

お姉さんに何か羽織るものを渡したかったが、そもそもこの鎧だって借り物だ。私は、お姉さんに貸せるようなものを何一つ持っていない。

それでも何かないだろうかと四次元革袋を引っかきまわし、防寒の足しになりそうなものを探す。

ごちゃごちゃ入った荷物をかきわけると、このゲームをはじめた時に着ていた布の服と布のズボンを見つけた。多少皺が寄っているし厚手の布ではないが、何もないよりましだろう。

あのナイスバディが隠れてしまうのは残念でならない。自分のしようとしていることが悪魔の所業にも思えて、血の涙を流したくなる。しかし、同じ女性としては見過ごせなかった。

私は皺が寄った布の服を手にすると、木の洞に座って空を見上げていたお姉さんに近づいた。

「こんなものしかないんですが……よかったらお召しください」

ぼんやり月を眺めていたお姉さんが、ついと視線をこちらに向ける。

憂いの表情はお姉さんにとても似合っていたが、いつもの軽妙な彼女とは別人に見えて、少しドキリとした。

お姉さんは、私が手にしている布の服と布のズボンを見て表情を和らげる。

「あら、ありがとう。気が利くのね」

私はお姉さんがいつもみたいに微笑んでくれたことに安堵して、笑みを返す。これで、少しでも寒さを凌げたら嬉しい。

「本当だ、気が利かずに申し訳ない。汗臭いコートでよければ、こちらもどうぞ」

私たちの様子を見ていたお兄さんAが、四次元革袋から大きなコートを取り出した。私が渡した布の服がぼろ雑巾に見えるほど立派な、毛皮のコートだった。

負けた！　全力で負けた！

私はショックによろめいたが、お姉さんがあたたかく過ごせることが一番大事だと自分に言い聞かせて、布の服と布のズボンを四次元革袋にしまいこむ。

そんな私を見たお姉さんは、子供の機嫌を取るように頭を撫でてくれた。

こんなので機嫌が直ったりしないんだから～！

しょうがないなぁとにやける私にお姉さんは満足げに微笑むと、再びお兄さんAが毛皮のコートを差し出した。

「ありがとう。どうせなら甘いマスクの聖者より、堅物の騎士様のほうが好みなんだけど」

色気たっぷりの表情で茶目っ気のある言葉を口にして、お姉さんは熊将軍を見つめた。

私なら、その視線だけでノックアウトされる自信があります！　と心の中で拳を握る。

現にお猫様は、お姉さんを見てわたわたと挙動不審になった。お猫様、可愛いな……とばれないように横目で盗み見る。

「私は無骨者ですから、女性にお貸しできるような服がなくて。申し訳ない」

苦笑を返す熊将軍は、間違いなく格好よかった。

肩をすくめて「残念」と微笑んだお姉さん。そんな彼女の肩に、お兄さんAはコートをかけた。

美男美女の二人はすごく様になっていて、私はほうと溜息を漏らす。

その時ふと、皆は男女間での触れ合いに気を遣っているのかもしれないと思った。

特にお姉さんは、パーティーで唯一の女性だ。相手に特別な感情を抱かれては、いろいろと面倒だろう。何をきっかけに、どんな事態に発展するかわかったものではない。きっと、皆を平等に扱うよう気を配っているに違いない。

熊将軍は、そんなお姉さんの態度に気がついているのかもしれない。だから、貸せる服がないと言ったのではないか。ここで彼が服を出せば、先に申し出たお兄さんAが気分を害してしまう可能性だってある。

本能の赴くままお姉さんにへばりつき、かじりついている自分の無邪気っぷりが、少しばかり情けなくなった。あらためる気はまったくないのだが。

そろりと熊将軍を見上げると、いつも通り穏やかな表情を浮かべていた。……考えてみれば、彼の装備は鎧ばかり。実は本当に貸せる服がないのかもしれないと思って、私はくすりと笑った。


夜も更け、森は静寂に包まれていった。

聞こえてくるのは、木々が奏でる葉擦れの音と、焚き火の爆ぜる音だけだ。

「さ、そろそろ就寝の時間だ。火の番は当番制にしようか。私は皆ほど疲れを感じていないから、今夜は私が見るよ」

パーティーのリーダー的存在である熊将軍が、散りぢりになっていた皆に向かって声を張った。

彼の声を聞きつけて集まったおのおのの顔を見渡して、お兄さんBがすかさず口を挟む。

「本当は無理をしていることに、自分でも気づいていないだけかもしれない。半分の時間は俺が持とう」

押しつけがましくないフォローの仕方に、惚れぼれする。お兄さんBは口数が少なく何を考えているかわかりにくいが、きちんと皆を見て気配りしているなぁと実感した。

そして熊将軍とお兄さんBは、最初から二人で火の番になるつもりだったのだと思う。

女性のお姉さんは最初から論外、少年のように見える私とお猫様も除外、聖者という体力がなさそうなお兄さんＡも頭数に入れていなかったのではないか。

二人の言葉に、異を唱えるものは一人もいなかった。

次の日に備えて体力を回復させること。それが私たちの役目だと知っていたからだ。

「じゃあ皆、あんまり離れすぎないように火の近くでかたまって休もうか」

私は、お兄さんＡの言葉に賛同して答える。

「はいはーい！　じゃあポチは、お姉さんにくっついて寝ます！」

ポチは犬だからいいのですとばかりに、毛皮のコートに包まれたお姉さんの柔らかい体に飛びこもうとした。しかし、志半ばで笑顔のお兄さんＡに首根っこを掴まれる。

「ポチはこっち」

「えぇぇぇー」

唇を尖らせていると、お兄さんＡの隣にごろんと寝転がされた。

現実世界では、こっちのほうが随分問題なんだけどな！　なんて思ったがしょうがない。イケメンの寝顔を眺めて、英気を養うことにした。

「んー。じゃあ、私は君と寝ようかなぁ」

お姉さんは軽やかな声で笑いながらそう言うと、お猫様の腕に自分の腕を絡めた。お猫様は月明かりと焚き火の炎だけでもわかるほど真っ赤になり、猫耳をピンと立ててわたわたと抵抗した。

「お、俺⁉」

彼は、可哀想になるくらい目が泳いでいる。真っ赤な顔を腕で隠し、顔を背ける。

「そうよ。ね～え、オオカミ出して？　その装備だし、スキルも取ってるんでしょ？　あれに埋もれて寝てみたいのよー」

お姉さんの言葉に、思わず私はガバリと身を起こした。

先ほど触れたオオカミくんの毛並みを思い出す。確かに、あのオオカミくんの毛に埋もれて眠れたら、どれほど気持ちいいだろう。某国民的アニメ映画では、可愛い妹ちゃんが不思議な生き物の腹の上で寝ていた。その気持ちを私も味わいたい。

「……あんたな……！　女だろ！　危機感持てよ！」

顔を真っ赤にし、耳をピンと立てて主張するお猫様。こう言ってはなんだが、思わず襲いたくなるほど可愛かった。

「え？　危機感？　君に？」

お姉さんは、無理でしょうと言うように笑った。絶句したお猫様の耳は、みるみる萎(しお)れていく。

私はその愛らしさに目を瞑(つぶ)り、首をのけ反らせて悶(もだ)えた。隣にいたお兄さんAは、神父様みたいに、あたたかい目をこちらに向けている。

「私が君を、ならともかく。ねぇ？」

お姉さんは挑発的な表情でお猫様から離れ、熊将軍の分厚い胸にしなだれかかった。

「こら、それ以上は……」

お姉さんのお色気アタックをものともせずに、熊将軍はお姉さんを諌(いさ)める。

お猫様の猫耳は、ついにぺったりと垂れてしまった。

そんな彼の姿に心の中で悶絶しながら、私は口を開く。

「あのあの！　おっぱいは平等でお願いします！」

「……は？」

怪訝そうな表情のお猫様が、こちらを振り返った。

「お姉さんのおっぱいは国宝ですよ。誰かが独り占めするなんて、厚かましいにも程があります！」

「そうだそうだ」

お兄さんAが、笑いながら私に同意してくれる。調子に乗った私は、腰に手をあてて、うんうん大きく頷いた。

その後、脱力したお猫様は再び大きなオオカミくんを呼んでくれた。一度目の恐怖はとうに消え失せ、今はただただ可愛いオオカミ君に手放しで喜ぶ。私たちは、ふかふかの毛並みに顔を埋め、オオカミくんに寄り添って眠った。

オオカミくんが出現してからずっとそわそわしていた熊将軍も、明け方にふと目を開けると、ふわふわの毛に埋もれて眠っていた。

◆◇◆

この異常事態に陥ってから、三日目の朝。

いや、朝と呼ぶのはおこがましい。なぜなら、すでに太陽が頭上で燦々と輝いているからだ。

寝坊した私たちは、ゾンビのような雄叫びを上げた。

陽が昇って間もない頃、お兄さんBは何度も起こそうとしてくれたらしい。しかし、数人のダメ人間が目を開けなかったのだ。その数人とは言わずもがな、お姉さんとお兄さんA——そして私だった。

「そこそこ乱暴な手段に出たんだが」と片手で顔を覆い、溜息をつくお兄さんB。まったく起きる気配のない私たちに、彼は呆れを通りこして感動すらしたという。

睡眠欲のない体になってもなお、惰眠を貪ってしまうとは。私は、普段の自分の堕落しきった生活ぶりを呪った。

その後、私は目をこすりながら身支度を整え、焚き火の燃えカスを処理した。

髪の毛がぼさぼさのまま出発しようとして、お姉さんにこっぴどく怒られる。お姉さんは川の冷たい水で何度も手を濡らし、私の髪を丁寧に手櫛で梳いてくれた。猿の毛繕いみたいで、少しだけくすぐったかった。

私がもたもたと準備をしている間、皆は顔を寄せ合い、地面に描いた地図を覗きこんでいた。木の枝で地面に幾筋も跡をつけながら、森を指差して話し合っている。

この旅路に、地図はない。頼りになるのは皆の知識と、四次元革袋に入っていたコンパスだけだ。塔の姿もまだ目視できない今、進んでいる方向が本当に合っているのかすら不安である。しかし、立ち止まってはいられない。皆の記憶をたぐり寄せて、正しいと思う方向に進むしかないのだ。

探検に少しばかり慣れた今日、自分から攻める時と、皆に守られたほうがいい時の判断が昨日よりもつくようになった。

歩いている間、お兄さんAが「精神力なら山ほど余ってるから」と言って支援魔法を常にかけてくれたのも大きい。自力でモンスターを倒せる回数は、少しずつ増えていった。

彼らが魔法を使うたびに、体を動かすたびに、私はそのすごさを実感した。

お兄さんAは、息をするような自然さで、支援魔法を切らさずかけてくれる。それがどれほど大変なことなのか、私には見当もつかない。ただ、他人の体にかけた魔法の持続時間まで把握しているのだから、相当すごいと思う。

お兄さんAを褒め称えたら、「暗に、僕がゲームオタクだって言いたいの？　ポチ」と拗ねたような顔をされた。

お姉さんの杖からは、色とりどりの閃光が何度も放たれた。たくさんの種類の魔法をかけているのだろうけど、お姉さんは呪文を唱えるのがあまりにも早いので、私みたいな凡人の耳ではまったく聞き取れない。そのため、杖から飛び出す光の色を見て驚くことぐらいしかできなかった。

「魔法の種類って、たくさんあるんですか？」

何気なく尋ねれば、皆は目が回るほどくわしく話をしてくれた。そうだった……この人たち、ゲームの話になると饒舌になるんだったと少しばかり後悔する。

しかし時すでに遅し。私はほとんど何も理解できないまま、お姉さんの話を聞くこととなった。

ちんぷんかんぷんな顔をしていることがばれたのだろう。お姉さんはくすりと笑い、「今は細かいことを気にせず、好きなことして遊んでたらいいわよ」と言う。しかし喜んだのも束の間、直後に付け足された「おいおい覚えていかなきゃいけないことだけどね」との言葉にプレッシャーを感じ、私はがっくり項垂(うなだ)れた。

移動中いろいろな話をしたが、中でも私が生粋(きっすい)のゲーム初心者だという話題で一番盛り上がった。

「生粋じゃない初心者ってなんですか？」

私が笑いながら突っこめば、あれよあれよと体験談が出てくる。

「いるのよー。初心者模倣犯(もほうはん)がわんさかと」

「模倣犯？」

「そう。初心者って、いわばアイドルみたいなもんなのよ。皆にちやほやしてもらえるわけ」

お姉さんの言葉に首を傾(かし)げる。

わからないことだらけで迷惑ばかりかける初心者を、なぜちやほやするのかわからなかったからだ。

「なんにも知らずに戸惑っているところを見ると、手取り足取り教えてあげたくなってしまうのが人の性(さが)だからね」

「昔の自分もそうだったなーって、誰しも思うものだしね」

熊将軍とお兄さんAの言葉に、なるほどーと頷(うなず)いた。

お姉さんがくすくす笑いながら続ける。

「そういう人の好意を狙って、初心者のふりをする模倣犯がいるってこと。お金をもらったり装備を貢(みつ)いでもらったり、レベル上げを手伝わせたり」

「へぇ……あ！　言われてみれば、確かに！　いつもありがとうございます！」

装備をお借りし、戦闘の支援をしてもらい、わからないことを手取り足取り教えてもらっている私。彼らの言葉すべてにあてはまると思い当たり、私は頭を下げた。

そんな私を見て、皆は一様に頬を緩ませる。

「長年やってるとマンネリ化してきちゃうから、そういう反応をもらえた時にやり甲斐を感じるのよねぇ」

「ゲームにやり甲斐を求めるなよ」

お姉さんに突っこんだお猫様は、次の瞬間、耳をピンッと立てた。

ふと足元に目をやると、お姉さんのヒールがぐりぐりとお猫様の足に食いこんでいる。お猫様は顔を引きつらせながら、そっとお姉さんから離れた。

「んふふ、まぁそういうわけだから、ポチもゲームに慣れたら気をつけなさいね。目をつけられちゃ、あんたなんて一瞬で身ぐるみ剥がされちゃうわよ」

「ひええ」

ぶるりと両腕を抱えて身を震わせると、熊将軍が穏やかに笑った。

「まぁ、そんなに悪意のある子ばかりじゃないよ。先入観をあまり持たずに、いろんな人と遊んでみるといい」

「貴方なんて、一番カモられそうな性格よねぇ」

お姉さんが冗談まじりに言うと、熊将軍は笑顔のまま固まってしまった。もしかしたら、古傷を抉(えぐ)ってしまったのかもしれない。

そんな熊将軍にはかまわず、お姉さんはお兄さんAと一緒に、お兄さんBにちょっかいをかけはじめた。先頭を歩くお兄さんBに、お兄さんAが〝速度増加〟を、お姉さんが〝速度減少〟を交互にかける。お兄さんBは突っこむのが面倒くさいのか、二人を放置して先を歩く。

「そういえば、ポチはどうしてこのゲームをはじめたの？　自分から買うタイプには見えないけど」

お兄さんAに尋ねられ、私はこのゲームをもらった経緯を思い出した。

「実は失恋いたしまして」

「へぇ！」

お兄さんAとお姉さんは、嬉しそうに瞳を輝かせて振り返った。人の失恋を面白がるなんて、鬼だ、悪魔だ！

ぷんと頬を膨(ふく)らませたが、親友にさえ失恋話を聞いてもらえなかった私は、恋バナに飢(う)えていた。即座に、「聞いてくださいよ！」と握り拳(こぶし)を掲げる。

「もう、これは一生に一度の恋だと思ったんです！　毎日毎日、相手の顔を見ては想いを募(つの)らせ、姿が見えなきゃ身を焦(こ)がし……」

「ばっかじゃないの」

呆れた表情で吐き捨てるように言ったお猫様。すると、熊将軍とお姉さんが言葉を続ける。

「いいじゃないか、幸せそうで」

「青春ねー」

「そりゃあもう、恋に恋して美味しいところ楽しいところ、全部舐めつくしてやりました！　一年くらいそんな状態が続いて、そうだ告白しよう！　と一念発起したら、次の日には玉砕しました」

「あらー」

「あらあら」

お兄さんAとお姉さんは、にやにやと笑った。熊将軍は慰めるように背中を叩いてくれる。

「もう出勤する気力も湧かず、かと言ってサボる勇気もなく、いつも通り職場に行ってたんですが」

「社会人なんだ」

目を丸くしたお兄さんAに、私は唇を尖らせた。

「そうですよ。最初、職業を決める時にも話したじゃないですか。今の職場が気に入っているって」

「あれはただのボケかと」

「正直、中学生くらいかなーって」

すかさず突っこんでくるお兄さんAとお姉さんに、愕然とする。

「ちゅ、中学生⁉　中学生がネットのゲームとかするんですか⁉」

パソコンの前に座って遊ぶという、このゲーム。今みたいに、何日間もぶっ通しで遊ぶことはないと思うが、中学生が何時間もパソコンの前に座っているのは、あまり感心できることじゃない気がする。

「突っこむところは、そこでいいの？」

お姉さんが呆気に取られた顔をした。

他に、どう突っこめばよかったのだろうか。

お兄さんAに目をやると、笑いを噛み殺したように唇を震わせている。いっそのこと噴き出してくれたほうが親切だと思うその顔を、胡乱な目で眺めた。

「俺、中学生だけど」

そっぽを向いて答えたのは、お猫様だった。

どこか弟に似ていることから、私より年下なんだろうと思っていたが——まさか中学生だとは思わなかった。

「は、早く帰らないと！　学校あるもんね！　テスト期間とかじゃなかった？　部活は？　大丈夫？　この数日間で、頭から公式抜けてない⁇」

「だから、そこじゃないよね」

肩を震わせて言うお兄さんAに、珍しくお猫様が同意した。

「そうだよ。この際、公式なんてどうでも良くない？　生死がかかってる問題だと思うんだけど、このトリップ的な展開。俺が真剣に捉えすぎなわけ？」

そんな二人は、熊将軍の鋭い一撃を食らう。

「帰ることが最優先だけど、公式はどうでもよくないよ。学業は、学生の本分だ」

「あーあー……耳が痛い……」

「僕も……」

お猫様とお兄さんAは、虫の息だ。ごく自然に学生組にまざっているが、お兄さんAも学生なのだろうかと首を傾げた。

一方の私は、公式とは袂を分かって久しい。これがあと十年若ければ、二人と一緒に地に平伏していたかもしれない。

「それで、失恋して？」

先ほどの話の続きを促したのは、お姉さん。私はつい答えてしまう。

「ええと、それが、すっごく素敵な人でしてね。もう本当に、毎日姿を見られるだけでも幸せで……」

「え、失恋話を掘り下げるの？」

「暇が潰せるし、いいじゃない。どこが好きだったの？」

お兄さんAが驚いたみたいに言ったが、お姉さんは気にしない。

人の失恋話で暇潰しをするとはなんたることか、と反論したい一方で、誰かに聞いてほしいとも思う。結局、どうしても話したくなった私は、自信満々に答えた。

「顔です」

「――――ん？」

「顔がどストライクで好みだったんです」

私の返答に、お姉さんは目を見開いた。

お兄さんAは噴き出して地面に手をつき、先導していたお兄さんBは呆れたように顔を片手で覆った。

「それって、一番答えちゃダメな回答じゃない？」

お姉さんが、珍しく戸惑った表情で聞いてくる。

「だって、やっぱいいんですよ？　目を伏せた時の色気が！　睫毛の長さなんて、きっと私の倍ぐらいありますよ。いや、長さがわかるほど間近で見たことないんですけど。好みドンピシャと言いますか、ど真ん中ストライクバッターアウトと言いますか！　たまに服を着崩している時とか、シャツから覗く鎖骨が色っぽくって！　たまらない！　一つひとつの動作も美しくて、日々、電車で悶々ムラムラと……」

「おまわりさーん、ここに痴漢がいまーす」

お猫様が、手を上げて言う。

「ち、違います！　お触りなんて、一度もしたことありません!!」

大慌てで否定すると、熊将軍が困ったような笑みを向けた。

「お触りしてたら、逮捕しなきゃいけなくなっちゃうね」

「え!?　おまわりさんなんですか!?」

「ううん、厳密には検事」

エリートだった。ここに、キラキラのエリート様がいらっしゃった。

銀色の甲冑が、今までより眩く光って見える。私とは、生きる世界の違う御仁だった。

エリートでイクメンだなんて、絶対にイケメンだ。きっと奥さんも若妻を捕まえちゃっているに違いない。ちくしょう、さっさと帰りたいはず……なんて羨ましいんだ！

私は勢いこんで、熊将軍に詰め寄った。

「若妻だなんて！　そんな！」

「若妻に横恋慕しちゃってるのかー」

「犯罪の香りしかしないじゃん」

すかさず突っこんできたお兄さんAとお猫様。私は慌てて振り返る。

「犯罪だなんて！　そっと、そっと見てただけのプラトニックなラブロマンスです！」

「厳密に言えば、ラブなロマンスがはじまる前に砕けちゃったんでしょ」

ばっさり切ってくれたのは、お姉さんだ。

「ええ……そう……そうなんです。一刀両断でした」

お兄さんAとお猫様、お姉さんに切々と訴える。すると、お兄さんBが無言で頭をポンポンと叩いてくれた。こういう話には乗ってこないと思っていたのに、意外な優しさに触れて頬がへにゃりと緩む。

それにしても、この世界に来てから緊迫した状況にあったので、彼のことはまったくと言っていいほど思い出さなかった。あらためて思い出しても、本当に素敵な男性だ。彼についてなら、何時間だって語れる自信がある。——見た目の話ばかりだが。

彼の姿を思い出す。電車に乗りこむ時の癖や、歩き方の美しさ。彼は私の世界に色をくれた。私が毎日がんばるための理由をくれた。

「……決めました！　てっぺんの悪いボスを倒してもらって現実に帰れたら、不肖ポチ、もう一度〝愛しの君〟に告白します!!」

「は？」

「――――ん？」

「え!?　もう一度!?」

お猫様、お姉さん、熊将軍が驚きの声を上げる。そんな中、お兄さんAは私に対して「そういう死亡フラグいらないから」と笑っている。

全力で他力本願な私の決意表明を聞いたお兄さんBは、頭を撫でていた手に力をこめると私の頭を小突いた。

「〝愛しの君〟って……それ、名前つけたの？　ポチが？」

半ば呆気に取られたまま不思議そうに聞いてくるお姉さんに、私は全力で頷く。

「〝ポチ〟に引き続き〝愛しの君〟かぁ……さすがのネーミングセンスだね」

「なんでこの流れで？　一ミリたりとも可能性ないの、他人の俺にだってわかるんだけど」

けらけらと笑うお兄さんAを押しのけて、お猫様が身を乗り出す。

「いいんです。玉砕した後なんだから、もう何も怖くないんです！」

両手をぎゅっと握りしめて、私は高らかに叫んだ。

「さっきから聞いてたら、怖いんだけど。ストーカーっぽくて」

「場合によっては。詳しく話を聞かせてもらわなきゃいけないかな」

お猫様の言葉に続けて、熊将軍がにこりと笑って縁起でもないことを言う。

「大丈夫です！　大丈夫です！　そこまでひどくありません!!」

大慌てで否定する。いや、私が邪念だらけなのは、バレバレだろうが。

「私にとって、現実に帰りたい一番の理由が〝愛しの君〟なんです。もう一度、会いたいんです。たとえ振られても、もう一度だけ気持ちを伝えたいんです。だから皆さん、協力してください。無事に帰してください。お願いします。もちろん帰った後、玉砕のご報告も兼ねてご飯ぐらいご馳走させていただきますので！」

この命がけの状況で、一番心を占めているのが片想いの相手だなんて。両親は、ショックのあまり寝こんでしまうかもしれない。けれど、それが自分の一番正直な気持ちなのだ。

私は、諦められるまでまっすぐ進もう。彼に向かって、愛の赴くままに、まっすぐ歩いていこう。

自分勝手な理由を語る私に、誰も怒りを向けなかった。

呆れているような、嬉しそうな表情を浮かべている。

「ああ」

「もちろん」

「最初からそのつもりだし」

「無事に玉砕報告が聞けることを楽しみにしてるよ」

「任せなさい。けどリアルでは貧乳だから、期待しちゃダメよ」

お兄さんB、お兄さんA、お猫様、熊将軍、お姉さんが順番に私に声をかけてくれた。

お姉さんの言葉に衝撃を受けた私は、ショックで思わず叫ぶ。

「え！　そんな！　ぼよんぼよんおっぱい、期待してたのに！」

「おまわりさーん、捕まえてください」

そう言ったのは、やっぱりお猫様だった。

◆◇◆

「もし現実に帰れなかったら、この世界に女は私だけかぁ。どっかのテレビ番組の企画みたい」

唐突に呟いたお姉さんの言葉に驚いた私は、思わず足を止めた。

この爆弾発言で、今まであえて意識しなかったことを、あらためて全員が認識させられた。自らそう指摘したお姉さんが信じられなくて、私の頭の中は大混乱していた。それは私だけではなかったようで、皆一様にびっくりしてお姉さんを凝視していた。

今はまだ、一緒に行動しはじめて三日目。お姉さんの気遣いもあるのか、おかしな空気にはなっていない。だけど、こんな特殊な環境で男女が長期間過ごすとなると、いつかは何かが起こってもおかしくない。

もし元の世界に戻れなかった場合、男性五人に対して女性が一人。そのうち、グラマラスでお色気たっぷりで白くて柔らかくてあったかいお姉さんを奪い合う日が来るのだろうか。仲のいいこの雰囲気が壊れてしまうことを思うと、ひどく悲しい気分になった。

万が一お姉さんが博愛主義で、親友が言うところの〝逆はーれむ〟なるものを築いたとして……その先の未来が果たして明るいものなのか、私にはわからない。

「ポチ？」

「びゃっ！　え？　はい!?」

「なぁに？　さっきから熱い視線を向けてるけど」

そんなに見つめていたのだろうか。

考えごとをしつつお姉さんを眺めていたから、そう見られたのかもしれない。私は慌てて両手を振った。

「いえっ、あのっ、お姉さんは殺戮の果ての狂気に染まった愛を求めているのかなぁ、なんてチラッと考えていました！」

あ、取りつくろうはずが、本音をぶちまけちゃった。

さっと口を両手で覆ったが、時すでに遅し。

お兄さんＡは腹を抱えて笑い出し、お姉さんもころころと可憐な声で笑った。

「なぁに、ポチ。奪い合いになったら、私を巡って闘ってくれるの？」

「いいえ滅相もないです！　駄犬には力不足です！」

「あら、レベルなんて今から上げていけばいいじゃない。協力するわよ？」

「いえ、レベルの話ではなくて……」

レベルを上げるって――あ、でもそうか。この世界でお姉さんを奪い合うとなると、現実社会の基準は通用しないんだ。勤め先のブランド力とか、給料の良し悪しとか、顔の美醜とか、懐の深さとか、しゃれたくどき文句とか。そういうのじゃないんだな、と実感して背筋に震えが走った。

文字通り、「殺戮の果て」になることだろう。洒落にならない。

「あら、じゃあ、私に奪い合うほどの魅力がないってこと？」

「絶対！　ずぇえったい、そんなことはありません！　お姉さんは世界でも屈指の魅力溢れる女性です！」

「あら、うふふ」

お姉さんが「ありがとう」と微笑む。すると、彼女の長くて柔らかいピンク色の髪が風になびいた。彼女の笑顔だけで、ノックアウトされそうである。

しかし、自分もなかなか最低だ。お姉さんの心を受け入れるだけの勇気も度量もないくせに、体だけは味わってみたいだなんて。それも、本人に筒抜けになっている。本当に申し訳ありません。

今度からは、もう少しオブラートに包んで伝えます。

「私、お姉さんを幸せにできる自信がまったくないんです。自分を確立されていて、入る隙がないっていうか……私が支えるなんて、おこがましいんじゃないか、むしろ支えてもらいたい気分になるっていうか。ダメ人間……いえ、駄犬です……」

「ふーん。つまり、私は『俺がいなくても君は平気だろ』系のアラサー女みたいだって言いたいわけね」

　およよ、と泣き真似をするお姉さんを見て、冷や汗をかく。

　あたふたしていると、斜め後ろを歩く熊将軍の表情が目に入った。なぜか、微笑を浮かべたまま凍りついている。

「そ、そういう意味じゃ！」

「じゃあ、ポチの中で、私を支えられるのってどんな人なの？」

　お姉さんの質問に、私はすかさず答える。

「ええと、そうですね。顔がよくて、引き締まった体に、指は太くて硬め。収入が安定していて、家族仲も良好。社交性があって、頼り甲斐があって、心が広くて、渋滞ぐらいじゃ不機嫌にならなくて。レストランで、注文したのと違う料理を店員さんが持ってきても、何も言わずに美味しそうに食べてくれて。ドライブ中、信号を通りすぎる直前に『そこ右！』って言っても怒らないし、お姉さんの突拍子のない言動を受け入れられて、お姉さんの自由奔放なふるまいにも笑顔を絶やさないような……そう、つまり聖人君子のような方です！」

「へえ。要するに、私は渋滞で不機嫌になるし、店員が注文と違う料理を持ってきたら皿を投げ飛ばして抗議するし、ドライブ中に道案内ができないし、相手が受け入れられないくらいの我侭を言うし、笑顔を絶やさないよう強いなければいけない性格……聖人君子でもなきゃ相手ができない女ってことね？」

　にっこり、と――

お姉さんは、詠唱もしていないのに、全身から闇の魔法を出しているんじゃないかと思うほど真っ黒な笑みを浮かべた。意識が飛んでいきそうになるのを必死に堪え、素早く首を横に振る。

お兄さんA！　ちょっとうるさいんですけど!!

前方で、腹を捩って転げまわるお兄さんA。全力で踏んづけてやりたい気持ちを抑えつつ、私はお姉さんの視線から逃れるべく、じりじりと後退する。

「その聖人君子、身近にいるくね？」

いるくね？　最近の若者言葉に首を傾げて、お猫様を見た。

「誰？」

お猫様の視線の先には、先ほどの違和感を感じさせない、いつも通りの熊将軍がいた。

「だだだだだだだめです！　熊将軍はだめです!!」

「く、くましょうぐん？」

とっさに出てきたのは、脳内呼称だった。熊将軍は、呆然とした表情を浮かべている。

「あはははっは!!　あははははは!!　ひー……ひー……!!　く、くま、しょうぐ、あはははははははは!!　あはっ……げほっげほっ……」

爆笑しているのは、お兄さんAだ。

しかし、熊将軍にもお兄さんAにもかまっている余裕はなかった。

「熊将軍は、現実世界に残してきた妻子がいらっしゃるんです！」

「へ？」

熊将軍が、素っ頓狂な声を上げる。

「ちょっと無理して二十五年ローンを組んで、念願のマイホームを買ったばかりなんです！　そのお家に残してきた二十一歳の若妻さんと、今年二歳になられる元気盛りな息子さん！　熊将軍は、三十歳の爽やかイクメンパパなんです!!」

「え？　妻帯者だったの？」

私の言葉に、お猫様は目を丸くした。

「いつの間にそんな設定が……嫁さん一回りも下だし……しかもそれ、未成年に手を出してる計算じゃ……」

そんな風に見えるんだ、と肩を落として顔に手をあてた熊将軍。彼を宥めようと、お猫様がまわりをうろちょろしている。

やがて熊将軍は、ふっと笑って顔を上げた。その憂いを帯びた笑顔はとても素敵で、私は卒倒しそうになる。

「今のはポチくんの妄想だけど、家に待っている者がいるから帰りたいのは本当だね。私がいないと、寂しがってすぐに泣いてしまうお姫様がいるんだ。だから、現実世界でここと同じだけの時間が流れているなら……一分一秒でも早く駆けつけてやりたいね」

「生活力のないジョシコーセーでも囲ってるの？」

お姉さんの問いかけに、私は全力で答える。

「だからっ！　熊将軍は紳士なんですってば！」

「くましょうぐん……しんし……じょしこうせい……。ううん、猫なんだけどね、うちのお姫様。一人暮らしの家で飼ってるから、心配で。いつも餌を出してる場所は知ってるし、もしかしたら自力で食べているかもしれないけど……やっぱり、心配でね」

その言葉を聞き、脳内でぐるぐると、一つの場面が再生される。いかつい顔をでれでれにして、「お姫様」と猫を抱えて頬ずりする熊将軍。

ねぇ、親友。これが〝萌え〟というものですか？


本日の行軍はここまでにしようと熊将軍が足を止めたのは、昨日と同じく、森の中で少しばかり開けた場所だった。

昨日の経験を活かし、陽が沈み切る前に、野営の準備に取りかかる。

今日は起きた時間が遅かったので、あまり進めなかった。しかし、いつ何があるともわからないゲームの世界。昨夜、体は疲れないものの、脳は疲れるのだと実感した。そのため、無理を押そうとする者はいなかった。

パーティー内に、ブチ切れたり個別行動したりする人がいなくて安心する。皆、喧嘩するデメリットはわかっているし、孤立が招く未来も想像がつくのだろう。何せ、私たちは日本人。長いものにはきちんと巻かれておかないとね。私は、うんうん一人で頷いた。

昨日と同じ手順を繰り返すだけだったので、野営の準備はすぐに終わってしまう。

この後何をしようかなとうろついていると、熊将軍とお姉さんを見つけた。

「少し離れた場所に湖があるから、水浴びでもしてきたらどうかな？」

「ありがとう。そうさせてもらうわ」

熊将軍の提案に、にっこり微笑(ほほえ)んでお姉さんが答えた。

現実世界と同じなら、季節は秋。しかしこのゲーム内では、夜以外にそう寒さを感じない。湖の水は冷たそうだが、あまり苦にならないのかもしれない。

考えてみれば、もう三日も体を洗っていない。できることなら私も水浴びしたいが、冷(ひ)え性のためなかなか踏み切れない。水を浴びて体が冷(ひ)えたまま夜を過ごし、風邪でも引いてしまったら、また皆に迷惑をかける。

とはいえ、革袋に突っこんでいた布の服でも使って、体だけでも拭(ぬぐ)いたい。そんなことを考えていると、お姉さんから声がかかった。

「ポチ、行くわよ。見張りについてきなさい」

「わんっ！」

正直、自分なんかで見張りになるのか、はなはだ不明だ。

しかし、お姉さんの美しい裸を覗(のぞ)き見ようとする不届き者は、私の大声で撃退できるはずだと胸を張った。仮にモンスターが現れても、お姉さんなら杖(つえ)一本でどうにかするだろう。つまり私は、覗き機能のついた警報器である。

先を歩くお姉さんの後ろを、意気揚々(いきようよう)とついていった。

——眼福でした、なんて展開には、もちろんならなかった。

先に湖で汚れを落とさせてもらった私は、お姉さんからの厳命で、湖から三メートルほど離れた茂みで待機していた。

体を拭き終わり、この茂みに戻ってきた私に、とろけるような笑みを浮かべてお姉さんは手を振った。そして華奢な手で杖をこつんと地面に打ちつけて、魔法を唱える。私とお姉さんの間には、人間の体では到底乗りこえることができないほど大きくて分厚い氷の壁が出現した。その壁は光を何度も屈折させ、向こう岸の景色を映し出してはくれない。

その壁の向こうにお姉さんが消えていってから、どのくらいたっただろうか。

あわよくば、水浴びしている天女を見ようとか思ってないし！

私は首をぶんぶんと横に振り、忠実に役目をまっとうすることにした。番犬の意味はないとしても、気分は忠犬ポチ公だ。

しばらくすると、パシャンと水面の揺れる音が響いた。

お姉さんは今、一人の時間を久しぶりに満喫していることだろう。私も、先ほど一人で体を拭かせてもらっている間、すごく久しぶりに一人になれた気がした。人といることは嫌いではないが、やはり気疲れもする。茂みに立ったまま、私は静かに目を伏せた。

この世界に来て、たくさんのことがあった。普通に毎日を過ごしていたら、味わえないほど多事多端な三日間である。しかし、その慌ただしさや騒がしさは嫌いではなく、むしろ好きなくらいだ。

危機的な状況ではあるけれど、皆が気を遣ってくれるおかげか、そこまで暗い気分にはならなかった。

「ポチ、髪を拭くの手伝って」

声をかけられ、驚いて目を見開く。いつの間にか氷の壁が消えて、水浴びを終えたお姉さんが戻ってきていた。水に濡れたお姉さんのまわりを、蛍みたいな光が漂う。まるで、ちょっとした絵画のような美しさだ。

衣装は水浴びする前と同じものを身にまとっていて、期待したバスタオル姿ではない。しかし、水に濡れた艶やかな髪がいつも以上の色気を醸し出していた。心なしか、眼光はいつもより随分と鋭い。その瞳にも気だるげな色気が浮かび上がっていて、同性なのにドキリとした。

お姉さんから薄手の布を受け取り、私はそっと髪に触れた。地肌をがしがし拭く勇気はなかったので、毛先を包みこむように拭っていく。

預かった布は、サテン生地に似た素材だった。水分を吸ったそれは、少しずつ色が濃くなっていく。その様子を穏やかな気持ちで見つめながら、私は丁寧に丁寧に髪を拭いた。

恭しい私の手つきに、お姉さんがくすりと笑う。

「上手いじゃん」

「ありがとうございます」

お姉さん、口調！　口調が変わってますよ！　とは突っこめなかった。

「ポチになら、髪乾かすのを任せられるわね」

あ、元に戻った。少しほっとする。

素のお姉さんの口調は色気がありすぎて、なんだか心臓に悪い。

「ありがたいお言葉、痛み入ります。姫様」

一度布をきゅっと絞り、お姉さんの濡れた髪を再び乾かしはじめる。

「ドライヤーないけど、大丈夫かしら。ねぇ、これ地毛だと思う？」

くるんくるんの髪の束を引っつかんで言ったお姉さんに、私は答える。

「うーん、大丈夫だとは思うんですけどねぇ。水に濡れたからでしょうけど、後ろのほうのカール、結構強めに出てますよ」

「本当？　よかった。ぼさぼさ頭になっちゃたまんないわ。ポチはパーマかけてるの？」

お姉さんが安心したように微笑んだのが嬉しくて、胸が高鳴った。

「私ですか？　そうですねぇ、長い時は結構かけちゃいます。毎朝、巻くのは面倒なんで」

「じゃあ今も？」

「今は色を明るめにしてるんで、パーマは控えてます。気合いを入れる時にだけ巻いてて」

「なるほどねー」

お姉さんのフランクな笑いにつられて、私も笑う。

「どうして、私の髪が長いってわかったんですか？」

「動きを見てたらわかるわよ。よく無意識に、顔に垂れてきた髪をかきあげようとしてるじゃない」

「へぇ、すご……いなぁ？」

あれ？　今の会話、なんかおかしかったぞ、と思った時、お姉さんが極上の笑みをこちらに向けた。

私はそれ以上考えるのをやめて、にへらっと微笑み返す。

「ポチって、〝愛しの君〟と話したことないんでしょ」

「えっ、な、なぜそれを！」

唐突な話題転換と鋭い指摘にびっくりして、お姉さんの髪を乾かしていた手が止まった。

厳密にはあります。告白した時に、二言だけ。

それにしても、どうして突然〝愛しの君〟の話になったのだろう。お姉さんをじっと見つめるが、艶然とした笑みからは心中を推し量ることができなかった。

「普通、アレだけ好きな人の話をしてるのに、言動が一つも出てこないのはおかしいわよ」

「お姉さんすごーい……なんという洞察力！」

「あんたが鈍いのよ。それも壊滅的に」

呆れたように眉を下げたお姉さんは、私の手から布を奪い取った。そのまま自分の髪を持ち上げて、慣れた手つきで髪を乾かす。

「見た目だけでそんなに好きなんだから、中身もあんたの好みだったら……その人、幸せでしょうね」

お姉さんは、物憂げな顔をしてそう言った。意味がわからずに、首を傾げる。

「幸せ？　どうしてですか？」

「それだけ一途に自分のこと好いてくれる相手なんて、そうそういないでしょ」

お姉さんの少しハスキーな声は、今まで聞いたことがないほど穏やかな音になって耳に届いた。

――見た目だけで好きになるなんて、安っぽい恋愛してるんだね。そんなことを言われるのが怖くて、親友以外には打ち明けられなかった、私の一年間の片想い。あの人への想いを馬鹿にされたくなくて、皆にひた隠しにしていた。

だけど本当は、皆に伝えたくて仕方なかった。とても素敵な人なんだ、私はすごくいい恋をしてるんだって。そしてその実、自分でも後ろめたくて、その恋心を見下していた。

毎朝、彼の顔を見るたびに想いは膨れ上がっていく。やがてそれは、今にも溢れてしまうくらい大きくなり、抑えることができなくなった。ほんの少しの刺激で爆発しそうなほどの想いをどうにか昇華したくて、勢いだけで告白したのだ。

後悔はしていないけれど、浅慮だったな、とは思う。向こう見ずに告白し、自分の気持ちに踏ん切りがつかず、未練たらたらで泣き続けた。

――今度こそ。無事に帰った後に仕切り直し、覚悟を持って告白し、気持ちにけじめをつけようと思っている。

『それだけ一途に自分のこと好いてくれる相手なんて、そうそういないでしょ』

お姉さんの言葉が、私の背中を押してくれる。

まさかそんな風に言ってくれる人がいるとは思わず、嬉しくて言葉に詰まった。

「相手が私なら、女冥利に尽きるわぁ」

急に声色を変えて、いつもの調子に戻ったお姉さん。彼女にばれないよう、私はぐっと涙を呑みこんだ。

あぁ私、今、すごく幸せだ。

「えへへ。お姉さんにだったら、五回惚れて六回振られても、めげませんよ！」

「あら、いやだ。私がポチを振るわけないいじゃない」

ころころと可憐な笑い声がする。

目尻ににじんだ涙を悟られぬよう、必死に目を閉じて笑った。

その後、いくつか話題が変わり――

「えっ、お姉さん美容師さんなんですか？　すっごーい！　かっこいーい‼」

日頃の髪の手入れ、デート前のセット方法、万が一前髪を切りすぎてしまった時の手直しの仕方など、話は多岐に渡った。あまりにも詳しくて、不思議に思って尋ねると、専門職だというので驚いた。

出会って以降、暗黙の了解なのか、皆が現実世界の自分たちについて触れることはほぼなかった。一般的に、初対面の人間にまず聞くのは、名前で間違いないだろう。相手に差し支えがなければ年齢、住んでいる場所など社交辞令で尋ねる。しかし、それはこのパーティー内では一切適用されない。

話題にのぼると、許容範囲までは話を合わせて、その後はやんわりと口を噤む。どんな冗談でも笑って言い合えるのに、これまで何度か空気が凍る瞬間があった。空気の読めない私だって、これは聞いちゃダメなのかな、と察することができるほどだ。

ネット上でやりとりをする時に、何かそういうルールでもあるのかもしれない。

そのあたりの事情にあまり詳しくない私は、とりあえず、相手の現実世界について詮索しないと決めた。一方、私のことを聞かれたら、性別以外なんでも答えるつもりである。

性別だけは、なんとなく言うのが後ろめたい。文通相手に顔が見たいと言われ、クラスで一番もてる女の子の写真を送ってしまった……そんな後ろめたさがあるのだ。

「いいですねぇ、美容師さん。手に職！」

「ふふ、ありがとう」

「ポチなんて番犬も任せてもらえない、しがない経理事務犬ですよー」

暗に、水浴びの時のことを含めて言ったのだが、お姉さんはまったく気にした素振りもなく微笑んだ。

「あら、いいじゃない経理。数字に強くって」

「まぁ、それしかできないって言うかぁー。電卓叩く速度ぐらいしか、きっとお姉さんに勝てるところがないですね！」

お姉さんに限らず、このパーティーの皆には電卓ぐらいでしか勝てないだろう。

電卓のスピードだけは、お局の畑田さんからもお墨付きをもらっている。電卓を叩くことで魔法が発動するなら、私はこの世界でピカ一の魔法使いになれると自負できるレベルだ。

「一芸に秀でているってとこでは、一緒でしょ。いいじゃない、電卓の早打ち。私が独立して店を構えることになったら、うちに会計として働きにきてよ」

「独立⁉　すごい！　しかし美容室って、わざわざ会計役雇ってますっけ？　そんな大規模な美容室、開店しちゃうんですか⁇」

お姉さんのお住まいがどこかはわからないが、都会ではよくあることなのだろうか？

私の住んでいる県は、都会でもなければ田舎でもない。県の中心部に行けばそこそこ栄えているし、県外れに行けば田んぼと畑ばかりの、どこにでもある平均的な県だ。

どちらかといえば田舎寄りの町で育った私は、あまり大きな美容室を見たことがない。チェーン展開しているお店はテレビの中だけの存在で、店主と数人の美容師が働いているようなところばかり。経営形態までは詳しく知らないが、そんな従業員体制の中、わざわざ経理のために人員を割いているとは考えにくい。明らかに余剰人員だし、リストラ候補堂々の第一位だ。

「大きくないわよ。家族経営にするの」

お姉さんが私の妄想を打ち消すように、そう言った。

声はいつもより断然柔らかく、目はいつもより少しだけ活きいきと輝いていた。もしかしたら、お姉さんの夢の話なのかもしれない。

「あっとほーむ！　いいですよね、我が町の美容室！　って感じで」

「どうせ一緒に働くなら、公私ともに支えてくれる人と働きたいじゃない？」

「うんうん、わかりますわかります」

家族経営の美容室をたくさん見てきたが、どこも近所のお家に行ったかのようなあたたかかさと優しさがあった。パーマの途中に子供たちが帰ってきて、「おやつ用意してくるから、ちょっと待っててね！」なんて置き去りにされることも、しばしばだ。

「そうなったら、うちで働いてくれる？」

「もっちろんですよ！　その時、お姉さんが声をかけてくださるなら！」

私の言葉に大変満足したように、お姉さんはにっこり微笑んで二度頷いた。

私も笑みを返したが、彼女とは違い、ただのにやけた顔になってしまったと思う。

とその時、茂みの奥から押し殺した笑い声が聞こえてきた。驚いてそちらの方向を見ると、お兄さんAとお兄さんBが背を向けて立っていた。

「お兄さん方！　どうしたんですか⁇」

「えらく帰りが遅かったから、番犬が粗相をしてるんじゃないかと心配して迎えにきた」

全身から『呆れています』という空気を漂わせているお兄さんBは、溜息まじりに言って、こちらを向いた。振り向きざまに、お兄さんAの背を蹴るのも忘れない。

「お兄さん！　なんてことをおっしゃるんですか！　番犬は！　番犬はですねぇ‼　……番犬の役目すら、まっとうさせて、もらえなかった……駄犬なんですよ……」

「それは、なんだ、悪かった」

私とお兄さんBの応酬を聞き、お兄さんAは笑いすぎて瀕死状態だ。何をそんなに笑えることがあったのだろうか。私は彼に、胡乱な目を向けてしまった。

「しかし、お前は一度、男の責任というものについて真剣に考えろ」

「へ？」

声色をあらため、いつもより仏頂面で説教をするお兄さんＢに、素っ頓狂な声を上げてしまった。

男の責任？　急に出てきた単語に、首を傾げる。

いつもの下ネタトークの後のお説教なら理解できるが、今はお姉さんと、至極真面目な話をしていただけだ。

私が電卓しか武器になりそうなものを持っていない、というマイナスイメージを加速させる会話もあったが、それ以外は、おおむね良好に世間話をしていた。人様に顔向けできないような、不健全な会話をしたつもりはない。

男の責任に関する会話はありましたか？　駄犬？　駄犬のところ⁇

頭上に大量のはてなマークを浮かべていると、再びお兄さんＡが爆発した。もう好きに笑わせておくことにする。

「二人とも、ちゃーんと聞いてたわよね？」

「言質は取ったから」と意味不明なことを言いつつ微笑むお姉さんに、お兄さんＡは震える体を起こして親指を立てた。

訳がわからず、二人の様子をぽかんと見ていた私。すると、お兄さんＢの盛大な溜息が聞こえた。

「はぁ、それにしても、ポチは本当にモテモテだね。将来、餌に困りそうになくって羨ましいよ」

お兄さんＡは、震える唇に手をあてながら、ぐんと背伸びをした。長身のしなやかな体が空に伸びる様は、まるで雄々しい馬のようで綺麗だ。

お兄さんAは、聖者らしい厳粛な雰囲気を感じさせる衣装を身にまとっているが、中身はまるで正反対だ。親友が言うところの〝残念なイケメン〟を地で行っている。

黙っていれば本当に格好いいのに、と唇を尖らせた。

お兄さんAは、よく笑う。その笑顔は、太陽の光みたいにあたたかい。

私は、笑われたり呆れられたりすることが多い。お兄さんAに会ったばかりの頃、またそういった類の笑顔だと決めつけていた。しかし、それは間違いだった。

彼が笑うと、陽だまりの中にいるような、安心した気分になる。――稀に、いやたまに、いや頻繁に、ギラギラ暑苦しい時もあるが、そこはご愛嬌だ。

私がモテて羨ましいと言ったお兄さんAに、お姉さんが尋ねた。

「あら、貴方も参戦する？」

「まさか。〝イトシノキミ〟、〝ツンデレのキミ〟に〝テダレなキミ〟でしょ？　こんな曲者ぞろいのババ抜き、頼まれたって参加しないよ」

「あら。ババ引いたっていいわ、私なら。こんなかわいい子、そうそう味見できないし」

「うーん、確かに。苛めて苛めて苛め抜いていい権利なら、僕もほしいかな」

「なかなかいい性格してるわね」

「お褒めにあずかり光栄です、女王様」

お姉さんが言った「参戦」の意味も、お兄さんAが指折り挙げた人物についても、私にはサッパリ理解できなかった。そんな私にかまわず、会話はどんどん進む。

「あんまり上手に抜け駆けしちゃうと、素直に向き合おうとがんばってるツンデレなジャックに甘噛みされるよ？」

「あの坊やに、そんな気概があるかしら。でもまぁ、ちょっとはマシになったかもね。それより、この調子なら一番のお友達の座、もう少しぐらい保てるんじゃない？」

「お優しい女王様は、お友達の椅子を狙ってるようじゃないみたいだけど」

「あら、女王が座るのは、もちろん玉座よ。決まってるじゃない、ハートのクイーンは気高いのよ」

「処刑される前に、僕は早々にトンズラするかな」

「あら。勝たなくっていいの？　帰ったら飼いたいって、言ってたじゃない」

「僕、ババ抜きよりも、ジジ抜き派なんだよね。あぁそういえば、ほぼ勝利が確定している〝愛しのキング〟はどうするの？」

「ふふ。私、骨を抜くのは得意なの」

そろそろ熊将軍とお猫様のいる場所に戻らないと、心配するだろう。そんなことを考えながらソワソワしていると、お兄さんBが呆れた視線を向けた。

「お前、本当にわかってないのか？」

「ババ抜きのルールなら知ってますよ」

首を傾げてそう言うと、「もういい」と溜息をつかれた。そんなお兄さんBに、満面の笑みを浮かべてお兄さんAが声をかける。

「君は参戦しなくていいの？」

「俺にそんな趣味はない」

お兄さんBの言葉に、またお兄さんAが大笑いした。しかし、私には皆の会話がさっぱり理解できなかった。


熊将軍とお猫様のいる場所に戻ると、二人は焚(た)き火の前で熱く何かを語り合っていた。

体格差が随分ある組み合わせなので、親子みたいに見えて、なんとも微笑(ほほえ)ましい。

熊将軍、早く帰って息子さんに会いたいだろうな。

あ、でも妄想息子は実際にいないいんだった。いるのは可愛いお姫様にゃんこ……あれ？　などと馬鹿なことを考えた。

よぅく見てみれば、熊将軍の視線はお猫様の耳に向けられている。その気持ちは十二分にわかりますよ、とうんうん頷(うなず)いておいた。

そういえば、現実世界はどうなっているのだろうかと、不安が胸をよぎる。

私には、熊将軍と違って早く帰らなければならないような切迫した理由はない。

もし既婚者で子持ちだったりしたら、この数日は地獄にいるより辛かっただろう。早く帰らなきゃ、とそればかりに囚(とら)われて、こんな風に笑みを浮かべることができたとは思えない。

各自がどういう生活をしているのかわからないが、私は気ままな一人暮らしなので、心配ごとはとても少ない。

家賃も水道も電気も引き落としだし、支払い期日の心配もない。連絡を頻繁に取っているわけでもない家族は、おそらく私の不在に気づかないだろう。

数日間、家をあけた時に困るのは、会社に連絡していないことくらいだ。これが最も重要な問題であるが、心配したって何もできない。

帰ってしばらく経っていた場合、無断欠勤でクビになるかもしれない。

その後、職探しをしなければと思うと憂鬱（ゆううつ）だった。何より、私はあの職場が気に入っているのだ。できることなら、誘拐されて北極にいたので出勤できませんでした！　とか言って誤魔化したいところである。

しかし、砂糖と塩を間違えてコーヒーに入れても笑って許してくれる上司とはいえ、今回ばかりはさすがに無理だろう。

クビになってしまったら、しばらく、のんびりするのもいいかもしれない。

大した趣味もなかったため、いつの間にか貯金が貯まっている。これをパーッと使って、気晴らしするのはどうか。

結婚資金にあてたい、となんとなく貯めていたが、そもそも相手がまだいない。

そうだ、一人旅にでも出ようかな。北は北海道、南は沖縄、秋の京都だって素敵だ。

もしクビになってなくとも、旅行のために休みは取ろうと決意した。

〝愛しの君〟を見たいがために通勤していた私は、「有給を使え！」と上司に怒られるぐらい休みを取らない人間だった。しこたま溜まった有給をパーッとつかう日を夢見て、私はにへらと頬を緩めた。

それにしても。パーティーの中で、実家暮らしをしている人はどれぐらいいるのか。

お猫様は中学生だと言っていたから、確実にご家族と一緒に住んでいるだろう。大事な大事なご子息が急に何日もいなくなってしまって、心配していないわけがない。もしかしたら、捜索願なんかを出されているかもしれない。

早く現実世界に戻って、彼のご家族を安心させてあげたかった。そのために私ができることは、ほぼないので、皆にがんばってもらわなければ。私も大概、図々しくなってきた。

ふと、懐に手を差しこむ。指先に触れたものをそっと取り出し、両手の上に丁寧にのせた。

ほわほわとした毛並みは、触っているだけで、あらゆる不安を取り除いてくれるようだ。

今なら、アニマルセラピーを全力で肯定できる。

そうだ、帰ったら、猫カフェというものにも行ってみよう。

私が住んでいる街にはもちろん存在しないが、東京に行けばあるだろう。私はさっそく、脳内で旅行中のやりたいことリストに書きこんだ。

私の手にのっているのは、昨日倒したウサギの毛玉である。

毛玉様は、鎧の中に押しこめられていたせいか、少し形が崩れていた。まん丸に戻るように、やわやわと両手で揉む。すると弾力が戻ってきてふっくらし、私は満足した。

早く、彼に会いたい。

今日、幾度となく話題に上った彼を思い出すと、胸に切なさがよぎった。気を抜けば、また彼のことを考えてしまう。私は勢いよく頭を振った。

彼のことを思うのも考えるのも、すべては帰ってからだ。私は気持ちを切り替えるべく、顔を勢いよく上げた。

するとまだ随分と遠い場所に、幻想的に淡く光る、不思議な塔が見えた。

私たちは今日、目指していた上弦の塔を見つけた。それはその名にふさわしく、月色の淡い光を放つ美しい塔だった。

遠目には、ただ美しく光っていることしかわからないが、進んでいけば、その姿がはっきり見えるだろう。

熊将軍いわく、明日には塔に辿り着けるとのことだった。

旅の終わりを感じ、私はほうと息を吐く。

しばらくの間、毛玉様に月光浴をさせながら塔を眺めていると、焚(た)き火のあたりから私を呼ぶ声がした。慌てて振り返ると、皆がこちらを見て手招きしている。

私は毛玉様を最後にきゅっと握り、再び懐(ふところ)にしまった。

「皆の者、ちゅうーもーーっく！」

そう言ってお姉さんが切り株の上にドン！　と豪快に置いたのは、ウィスキーボトルのような形をしたガラスの瓶だった。おそらく、この世界のお酒に相当するものなのだろう。

「うわっ、レアアイテムじゃん」

「へぇ！　サラマンダーの火酒！　こんな高価なもの、よく持ってたね」

お猫様の悲鳴でこれがとてつもなく高価なものだと判明し、お兄さんAの言葉でこれが酒だと確定した。それにしても『火酒』とは、また物騒である。

「私は魔術師って職業柄、使わないでしょ。だから倉庫の肥やしになってたんだけど、まさかこれを現実に飲める日が来るなんて。あぁ、幸せ〜！　今、この世界に来てはじめて喜びを噛みしめてるわ。説明文を読む度に一献傾けたい！　って常々思ってたのよねぇ。さぁ、どんな味がするのかしら」

うふふ、と舌なめずりをするお姉さんに、私はぞわわっと体を震わせる。

飲む前から漏れ出しているお姉さんの色気に、私はでれでれだ。

お姉さんは四次元革袋から取り出したグラスに、中身を丁寧に注いでいく。

とぽっとぽっとぽっ、と気持ちのいい音がした。それは無色透明で、あまり度数が高そうには見えない。「なんだ、名前負けしてるのかー。私のほうが分相応な名前してるな、ふふん！」と勝ち誇って微笑めば、お兄さんBに呆れたような視線を向けられた。

「お前、『火酒』って知ってるか？」

「え？　口に入れて火を吐けるほど強いお酒ってことですか？」

「……違う。ウォッカのことだ。世界一、度数の高い銘柄もある」

「ほ？　ほー。つまり『火が吐ける〝かもしれない〟ほど強いお酒』ってことですね？」

「……もうそれでいい」

「あながち間違ってないんじゃないかな」

お兄さんBの呆れた声にかぶせるように、熊将軍は低く笑ってグラスを受け取る。

「熊将軍にウォッカって、すごく似合います……」

頰に手をあててぽやんと見つめると、熊将軍は、まるで海外の俳優さんみたいに片方の眉をくいっと上げげた。彼はその顔によく似合う苦笑を浮かべて、『ありがとう』と言う。この渋いテディベアさんに、私はもうメロメロだった。

洋酒とはとんと縁のない生活を送っていたため、ウォッカを飲むなんて初体験だ。わくわくした気持ちを隠しもせずにグラスを受け取ろうとすると、手を伸ばした先に、オレンジ色の液体が入ったグラスをコトンと置かれた。

「……ええと、これは？」

なんの嫌がらせでしょうか、と顔を上げる。そこには、嫌味なほどイケメンな顔をしたお兄さんBがいた。熊将軍と同じように片眉を上げているが、眉間には明らかに皺が寄っている。

「未成年はこっち」

「ああ、なるほど」

はいどうぞ、とそのグラスをお猫様に手渡せば、もう一つ、オレンジ色の液体が入ったグラスを用意された。一体どこから取り出したのか。早すぎて見えなかったが、きっと四次元革袋が大活躍したに違いない。

「ええと？」

お猫様はともかく、なぜ私まで？

私が子供扱いしたせいか、お猫様は怒りに任せて私の腰を蹴ってくる。痛みに耐えつつお兄さんBを見ると、至極真面目な声が聞こえた。

「お前、未成年だろ」

「えっ!?」

私が目を丸くすると、お兄さんAとお猫様までこう続ける。

「まさか成人してるの？」

「嘘つくなよ」

「ややや、社会人だって言ってるじゃないですか！」

そりゃ、確かに高校を出てすぐに働きはじめたから、社会人になったばかりの頃は未成年だったけど！　今では、勤続六年目の歴とした成人だ。

入社当時、同期はほとんど大学を出た人たちで、私は彼らより四つも年下だった。私の扱いは思った以上に雑だったし、肩身はすごく狭かった。

課内はともかく、同期会が特に辛い。割と頻繁に、愚痴大会という名の酒盛りの場が設けられていたのだが……未成年だった私は、もちろん一滴も飲ませてもらえなかった上、やれ酌をしろ、注文しろ、皿に取り分けろと、いいようにこき使われた。

それを機に、私は飲み会の席でよく動き、理不尽なことを言われても笑みを絶やさない術を覚えた。そのおかげか、現在は会社のおじさんおばさんたちに大層可愛がってもらっている。

まぁ、そんなこんなで私はしっかり社会人をやっているのだ。ゲームの世界にやってきてからも、大人として良識溢れる行動を取っていたはず。まったく失礼しちゃうわ。

二十歳くらいの頃ならまだしも、二十四歳にもなって未成年と言われ、嬉しいはずがない。いや、もちろん肌年齢なら笑顔で受け入れますが。

「知ってるか？　バイトは社会人とは言わないんだ」

呆れたようなお兄さんBの声がする。――いや、もう正直に現実を受け止めよう。呆れたような、じゃない。私に対して確実に呆れた声を出している。

お兄さんBは、威嚇する私を労るみたいに、頭をポンポンと二回叩いた。

「バイトじゃないです！　これでも勤続六年目で、新人ちゃんのお世話なんかもしちゃってます！」

「お世話？　されてるんじゃなくて？」

「こんなの六年も働かせて、その会社大丈夫なわけ？」

お兄さんAもお猫様も、ひどすぎる。

「……中卒からの就職だとしても、二十一歳ってこと？」

熊将軍は、思わずといった感じで呟いた。

彼をキッと睨みつけると、大慌てで目を逸らされた。皆、どうにも受け入れたくないらしい、私の成人説を。

眉根を寄せていると、お兄さんAに尋ねられた。

「ちなみにいくつなの、ポチ」

「二十四ですっ」

皆のあんまりな態度に、ちょっと大きな声で胸を張って言ってやった。するとお兄さんAが弾かれたように笑い出し、体を震わせて地面に転がった。

彼のそんな姿に慣れきってしまったのか、誰も突っこまない。それどころか、皆ぽかーんと口を開けて、二十四歳だと公表した私を見つめていた。

――しかし結局、私の手元に『サラマンダーの火酒』が回ってくることはなかった。

百歩譲って成人していることを認めてくれたらしいが、千歩譲っても酒の飲み方を知っているようには見えないという。そんな私が前後不覚になっては、今後の進路に影響する――という理由から、私の目の前にはオレンジジュースが鎮座していた。

ふんだ。皆で一斉に二日酔いにでもなればいいんだ！

呪いの言葉を心中で放ち、オレンジジュースを一気飲みした。

まずい！　もう一杯！

……このネタが中学生に伝わるのか、怪しいところである。

飲み物が行き渡り、それぞれが自分のペースで楽しんだ。成人組は酒が入ってリラックスしたのか、今までで一番打ち解けて話をしているように感じた。

時折、現実世界の話なども出てくる。酒の力を借りて、今まであえて触れなかった部分に踏みこんでいた。

でも、家族が心配してるかも、早く帰りたい、なんて弱音は誰も吐き出さなかった。

職場の上司が横暴だ、某テレビ番組は終わってる、飲み会が面倒くさい、あの芸人が好きだ、お客さんにアプローチされて困る、あそこのコンビニ弁当はまずい――そんな他愛もないことを、ちびちび酒を味わいながら延々と話した。

そして私は、宴からいつの間にか外れていた存在に気づき、きょろりとあたりを見渡した。

空はすっかり薄暗く、頼りになるのは月明かりと焚き火の炎だけだ。

ゲーム世界の暗い夜にも、三日目となれば慣れてきた。もう恐怖に身がすくむこともない。いや、皆と合流してからは、夜を恐れたことがなかった。

グラスを持ったまま、そっと席を立つ。幸いなことに、皆は話に夢中で気づかない。今は、何かのゲームの話をしている。中学の頃にやったとか、前のシリーズが傑作だったとか、ゲーマーらしく盛り上がっていた。

私は森の茂みの奥にある湖を目指した。夕方、水浴びをした場所である。

なんとなく、あの人はそこにいるんじゃないかと思った。

酒が入ると、いろんな行動を取る人がいる。皆で盛り上がり、わいわい飲みたい人。静かに飲みたい人。

静かに飲みたい人が必ずしも一人で飲みたいとは限らない。

こんな騒がしい私でも、お口にチャックさえしておけば、しっとりお傍に寄りそうことはできるはずだと足を動かす。でも、もし一人でいたいのなら。邪魔をする前にそっと立ち去ろう。

案の定、探していた人は湖の側に座っていた。蛍（ほたる）のような光が水面に反射し、恐ろしくなるほど美しい眺めだ。

柔らかい草の上に腰を下ろし、彼は憂（うれ）いを含んだ目で静かに湖を見つめている。その姿を認めて、胸がドキリと震えた。あまりにも真剣で、物悲しそうな彼の表情に、私は冷静に判断する。

あ、これはダメなほうだな。

一人で飲みたいほうだったらしい。私は、すぐさま回れ右をした。

しかし――気を遣って静かにここまで来たのだが、最後の最後にへまをした。小さな枝を踏んづけてしまったのだ。

パキリ、と乾いた音があたりに響く。その音に気づいた彼は、腰の剣にスッと手を伸ばして振り返る。だが、私を見て手を下ろした。

「なんだ、お前か」

「お邪魔をしてしまいました」

ペコリと頭を下げて素早く立ち去ろうとすると、お兄さんBは少し柔らかい表情を浮かべて手招きした。

あ、もしかして寂(さび)しかったのかな。

瞬時にそう感じた私は、本当は立ち去ったほうがいいのに、と思いながら彼に近づいた。

「ちゃんと自分の分も持ってきたのか」

隣にちょこんと腰かけると、彼はいつもよりワントーン低い声でそう言って、頭をポンポン叩いてくれた。掠(かす)れたその声は、酒のせいもあるのか驚くほどセクシーで、私は硬直した。

両手で握りしめていたオレンジジュースのグラスは、彼と晩酌(ばんしゃく)するために持ってきたものではない。ただ切り株に置けば音や気配で皆に気づかれると思い、そのまま持ってきてしまったのだ。

彼のセクシーなお声に加えて、ここ最近される機会が増えた頭ポンポン。私はもう、どきがむねむねして仕方なかった。

このままでは、まずい。

お口にチャックさえしておけば、しっとりお傍に寄りそえると思っていたが——しっとりまったりなんて大人な真似、そもそも私にできるはずもなかったのだ。そういうのは、艶(つや)やかな空気に耐性があり、経験豊富で、所作が美しい人間にしかできない。私は完敗した。

私は、早急に作戦を変更することにした。

オレンジジュースをそっと地面に置き、湖面を見つめていたお兄さんBを見て小首を傾(かし)げる。

「背中をお揉みしましょうか？」

「なんだ、急に」

　珍しく笑ったお兄さんBは、目元がきゅっと下がりセクシーで、色気駄々漏れ大放出セールだった。これはやばい。

　ただでさえ、日頃とのギャップにあたふたしているのに……こんな美しいご尊顔を直視し続ければ、私みたいな虫けらは、色気オーラにすぐ燃えつくされてしまう。私は、大慌てで彼の背中側に移動する。

「まぁまぁ、いいじゃないですか。実家にいる頃、毎日お母さんにマッサージして、お小遣い稼いでたんです。だから、そこそこ上手いんですよ！　ほらほら、うつ伏せになってください」

　これ以上、酒が進んで色気が増しては堪らない、とグラスを取り上げた。その時、お兄さんBの骨ばった長い指に触れ、まるで十代の女子高生のように顔が熱くなる。

「何だお前、ジュースで酔ったのか？」

　酔うと笑い上戸になる人なら見たことがあったが、こんな風に、色気たっぷりに笑う男性などはじめて見た。

　しかも大層なイケメンで、素面の時には見せたことのない笑顔なのだ。このギャップにときめかない女性がいたら、是非ともお目にかかりたい。十時間ぐらい説教し、この色気について力説できる気がした。

　お兄さんBは、グラスを少々強引に取り上げたことに怒らなかった。

腕を組んでうつ伏せになってくださいと伝えると、静かに従ってくれる。

不機嫌そうに寄せる眉や呆れた表情もなく、嫌味も言わない。

いつもとはずいぶん違うお兄さんBにドギマギしながら、そっと隣に膝をついた。

お母さんに施術をする際は、腰に跨って座っていた。しかし、男キャラである自分がお兄さんBの腰に跨るのはさすがにどうかと思い、少々力は入れにくいが、横からの施術にしたのだ。

「触りますよ、押さえますからね。痛かったり苦しかったりしたら、言ってください」

なんだかセクハラをしている気分になり、早口でそう言った。

だってこんなイケメンを触るだなんて、セクハラで訴えられても勝てる気がしない。

「歯医者でそう言われて右手を上げても、一度だって聞き入れてもらえたことがないんだが」

珍しく軽口を叩いたお兄さんBに、思わず笑みがこぼれた。しかし、うつ伏せになっているお兄さんBには見えない。ここは思う存分、にこにこさせていただくとしよう。

お酒を取り上げ、色気ムンムンな顔を見ないための方便だったが、お兄さんBの体は予想以上に凝っていた。

両手を平らにし、ぐっぐっと背中を押して筋肉をほぐしていく。自己流ではあるが、お母さんにはいつもお小遣いをもらえていたので、それくらいの働きはできるはずだ。

体をほぐすように押した後は、手首の付け根で円を描きながら揉んでいった。お兄さんBは口を開かず、じっと身を委ねてくれている。ほんの少しだけ信頼関係が見えた気がして、私は嬉しくて力をこめた。

現実世界より揉みやすく感じるのは、きっとポチの手のひらが大きく、また腕に筋肉がついているからだろう。それに、いくら揉んでいても疲労感がない。

いつもと勝手が違うので、気をつけないと力を入れすぎるかもしれない。しかし、脂肪だらけのふにゃふにゃなお母さんの体に比べ、硬い筋肉で覆われたお兄さんBの体は、多少力をこめても平気に思えた。

私が置いたオレンジジュースの匂いと、お兄さんBの飲んでいた火酒の匂いが空気中でまざり、ほんのり鼻をくすぐる。

お兄さんBはぼんやりしながら、ポツリと呟いた。

「実は、あまり女キャラが得意じゃないんだ」

唐突な言葉だったけれど、私はあまり驚かなかった。お酒を飲んだ人は、殊のほか饒舌になる。

ただ、自分の弱みを口にしたことは少し意外だった。

お兄さんBと行動していて、女性のキャラが苦手に見えたことは一度もない。それほど上手く隠していた部分を聞かせてもいいくらい信頼してもらえているとは、思っていなかった。

もしかしたら、先ほど鼻をくすぐったオレンジジュースの香りが、アロマオイルの役割を果たしていたのかもしれない。オレンジの香りには、鎮静作用がある。私も好んで使う香りだ。

お兄さんBは、今まで見たことのないほどリラックスしているようだった。

私はマッサージ技師さんになった気分で、「そうなんですね」と小さく返事をした。

「昔、ちょっとしたことがきっかけで、俺の写真がギルド内に出回ったことがあった」

オンラインゲームの世界で、自分の顔写真が出回るということがどれほど危険なのか。ネットに疎い私には、判断がつかなかった。

しかし自分に置きかえてみると、当然だがあまり嬉しいことではない。

見ず知らずの他人に自分の個人情報をばらまかれてしまうそれに、ゾッとした。

「その時の写真の撮られ方がどうもよかったみたいで、複数の女キャラに言い寄られる羽目になった。リアルの住所からはじまり、パソコンのメールアドレス、ＳＮＳのアカウント、果ては携帯のアドレスに電話番号、本名まで聞いてくる奴も出てきた」

「撮られ方がよかった」は謙遜だろうな、とすぐに思った。

お兄さんＢの口調は淡々としていたが、言葉の端々に嫌悪感が見えていた。

もし私がその立場になって、万が一にもまわりの男の子たちがちやほやしてくれるようになったら、どうだろうか。不特定多数の男の子たちに言い寄られるなんて、残念ながら妄想の中でしか味わったことがない。

どう考えても浮かれまくった私は、有頂天のまま最低な性格に転がり落ちていただろう。

人間、悪いほうに落ちるのは早いものだ。大層残念ではあるが、これが私の限界である。

しかし、自分の顔写真なんてそうそう出回るものだろうか。十中八九、お兄さんＢの知人の犯行のように思えた。

胸にもやっとした嫌な気持ちが広がる。

私はその人のことを知らないのだから、お酒のせいにして愚痴っちゃえばいいのに。

犯人を貶めるようなことをまったく言わないお兄さんBに、少し胸が締めつけられた。

「それでも、最初はなんとかあしらってたんだ。けど、段々そうもいかなくなってきて、気づけばギルドの女キャラたちがいがみ合うようになっていた。当然、男キャラからは敬遠され、仲のよかった友達も随分と減った」

それは、きつかっただろうな。自分の望まないことで大切なものを失うなんて。

きっと、煮え湯を飲まされる思いだっただろう。私はあってもなくてもいいような、小さな相槌を打って続きを待った。

「それが原因でギルドは崩壊。ギルドなんて立て直せばいいんだし、お前が気にすることじゃないと当時のギルマスに言われたが、後続ギルドに居座る気にはなれなかった。俺はその時の友達と連絡を取る手段を捨てて、野に下った」

それからは、まるでオフラインゲームだ。――お兄さんは静かに続けた。

人との交流を避け、延々とソロというものをしていたらしい。ここでいうソロは、音楽のソロと同義だろうと推察する。

「行きたかった狩場も、新しい狩場も関係なく、ただ淡々と効率重視のソロ狩場だけを回っていった。パーティーメインの狩場に出かけて、あの時の知り合いに出くわすのも嫌だったし、パーティーを見ると卑屈な気分になる自分が一番嫌だったからだ」

幸い、もともとソロ向きの職業だったから、狩りは思いのほか順調で――そう自嘲するお兄さんBの顔は、とても沈んでいるように見えた。

施術するふりをしてそっとうかがい見れば、深い藍色の瞳が湖面に反射する月明かりをくっきり映し出していた。空に溶ける月みたいだと思った。

「レアアイテムが出れば金は自分だけのものだし、狩れば狩るだけ経験値が入った。気楽だった。だけど、どうしても空(むな)しさが拭(ぬぐ)えなかった。狩場(かりば)を変えていき、レベルが上がり……気づけばなんの感動もなくカンストしていたことに気づいた時、このゲームをやめようと思った」

お兄さんBが不審に思って話を中断してしまわないように、私は一心不乱に腕を動かし続けた。

彼の背中には、たるむ脂肪すらない。上質な筋肉を、ぐっぐっと力をこめて押していく。

「――思えば、ようやくだったのかもしれないな。ずっと何にも心を動かされずに、ただ無感情にマウスをクリックするだけの日々だった。仕事終わりの体に鞭(むち)を打ってまで何がしたかったのかも、今じゃわからない。ただ、このキャラのレベルを上げることに取りつかれていたかのように、レベルを上げた」

触れているからこそ、わかる。

お兄さんBの体はだんだん温(ぬく)もっていき、かすかに入っていた力は抜け切っていた。

そっと覗(のぞ)き見れば、暗いせいで確かではないが、目も伏せられている気がする。心からリラックスしてくれている様子に、嬉しくて胸がきゅっと締めつけられた。

うつらうつらと話すお兄さんBは、いつもより饒舌(じょうぜつ)だった。しかし、何を話しているのかわからない部分も多い。いつもは私にも理解しやすいように、言葉を尽くして説明してくれていたのだと気づいた。喜びで、さらに胸が締めつけられる。

それと同時に、気を遣わないで話してくれる今の空気は、吸いこむだけでも負担になった。

なぜだかわからないが、苦しくて苦しくて、胸を押さえてうずくまりたい。

震える唇をぎゅっと噛みしめ、腕に力を入れる。

今、彼がこんなに心を開いているのは、ほろ酔いなのと、ほのかなオレンジの香り、それにマッサージのおかげのはずだ。

体が触れ合っている時は、相手への警戒心が薄れていくと聞いたことがある。きっと同じことがお兄さんBにも起こっていて、それぞれの相乗効果で、今の時間があるのだろう。

その時間を一分でも一秒でも長く感じていたくて、私は動揺を悟られぬよう、必死にマッサージを続けた。

「ログインしなくなってからは精神的にも落ち着いてきて、平穏な日々が戻ってきた」

私は胸が苦しくて相槌すら打てなかったが、お兄さんBは静かに語り続けた。

気持ちが落ち着いてきたおかげで仕事も順調に進んだらしく、現実に満足していくにつれて、ゲームのことを忘れていったらしい。定時になると会社を出て同僚と飲み、たまに友達と集まった時には結婚の話もちらほら出てくるようになって——こんなに素敵なお兄さんBの現実の話は、私と大差なかった。

かわりばえのしない毎日。同僚との飲み会。友達との会話。

彼は私と大きく変わらない、現代に生きる一人の青年だったのだ。

「このまま、なんの変哲もない穏やかな時間を過ごしていくんだと思ってた。久々に運営からキャラロスの報告メールがきた時、ようやくゲームのことを思い出したぐらいで、未練もなかった。なのに、そのメールを見てから、ことあるごとに昔を思い出すんだ」

あの女集団にめちゃくちゃにされたことでも、延々とソロをしたことでもなくて、ただ純粋にゲームを楽しんで皆とはしゃいだことを思い出すのだと、お兄さんBは震えそうな声で紡いだ。

「レベルを99まで上げたからって、別にキャラに愛着があったわけじゃない。もうゲームなんてどうでもいいと思ってた。なのに、深夜遅くまでたまり場でだべってたこととか、支援もいないのに難関ダンジョンに乗りこんで悲鳴を上げたこと……あの武器とその武器のどっちがダメージを通せるかなんて、くだらないことを死にかけながら実験したこととか。本当に、馬鹿ばっかりやってたことが嘘みたいに蘇(よみがえ)ってくるんだ。まるで昨日のことみたいに、あいつらと話した内容まで思い出せて」

言葉に詰まったお兄さんBは、組んでいた腕に顔を埋めた。

よくがんばった。

そう伝えたいと、心の底から思った。お酒の匂いとこの空気に、私も酔っているのかもしれない。

私は動揺を、そして溢(あふ)れ出しそうなほどの愛しさを悟られぬよう、腕に力を加えて彼の腰を揉んだ。

どうしてもキャラクターを削除されたくないと思ったお兄さんBは、気づいたら課金していて、とうに消したソフトを再びインストールしたと言う。

ゲームに関する話はわからないことのほうが多かったが、彼の辛さは痛いほどに伝わってきた。

ログインしてあの時の友人が誰もいなかったら、このままゲームキャラクターを削除してしまおう。けれど、もし……もし、いたら。自分勝手に逃げ出したことを謝って、そして、そして……そう思ってゲームにログインしたのが三日前。私たちがこの世界に閉じこめられた、あの日のことだ。

「いつの間にか、俺はこの世界にいた。昔の知識を頼りに首都へ向かえば、同じような奴らが集まっていて、皆が皆、困惑していた。誰一人、冷静じゃなかった。こんな状況を受け入れたくなくて、積極的に話し合おうとする人間なんて誰もいなかった。当たり前だが、あまりいい雰囲気でもなかった」

とりあえず話をまとめようと現状把握に努めたけれど、さらに訳がわからなくなるだけだった、とお兄さんBは言った。ログアウトの仕方がわからない――これだけが事実だったと。

お兄さんBはログインしていなかった間の知識がなかったため、現役でプレイしている皆の意見に従ったらしい。殺伐とした空気の中、なんで今さらインしたんだろう――そんな後悔したって仕方がないことばかりを考えていたのだと、掠れた声で呟いた。

「そうやって自分のことしか考えられなかった時、最後の一人を探しに行った先で、泣いてるお前を見つけた」

不安を隠すことなくすがった私を見て、お兄さんBはゲームをはじめたばかりの頃の自分を思い出したという。私と同じように、右も左もわからなくて、あまりにも広くて自由なゲームの世界に途方に暮れていた頃の自分を。お兄さんBにも、そんな時代があったことに驚いた。

「けど俺はリア友と一緒にはじめたから、何をするにしても一人じゃなかった。皆で右往左往することすら楽しかった。リアルじゃ絶対できない冒険に何も知らない土地、それだけで胸が弾んだ」

高価なアイテムをなくしてしまったことや、散々迷子になったこと。喧嘩みたいになることもあったらしい。だけどすべて楽しかったのだと、お兄さんBは喉の奥で笑った。

珍しい笑い声に、心が浮き立つ。辛いことばかりではなく、楽しいこともあったのだとわかり、自分のこと以上に嬉しかった。

「俺には、それを一緒に楽しめる友達がいた。楽しめる余裕があったんだ。……――なのに、お前は一人だった」

しんと静まり返った中、お兄さんBの声が響く。湖の水面に波紋を描くんじゃないかと思うほど、存在感のあるしっかりした声だった。それは、私の鼓膜を、心を震わせる。

「このゲームで最初に感じた輝きや興奮を何も知らずに、お前は一人、砂漠で膝を抱えていた。心細そうに震えながら、あのだだっ広い砂漠の真ん中で、ポツンと途方もなく座りこんでいた。衝撃だった。頼りなくて可哀想で、ただお前を守ってやらなきゃと感じた。その瞬間、俺の中にストンと何かが降りてきたのがわかった。お前を守れたら――あの一番楽しい時間を過ごすはずだったお前を守ってやれたら――。かつて俺が友達に支えられたように、お前を支えてやれば、俺が夢中でレベルを上げ続けたことにも意味があったんじゃないかと思えた。あれだけ後悔していたログインにも、意味を見つけられる気がした」

お兄さんBの語る話は、熊将軍から聞いた話にも少し似ていた。

謙遜ではなく、卑屈になっているわけでもなく、私はこの世界で本当にただの「足手まとい」だと自覚していた。なのに、皆は私にいろんな意味を見出してくれる。

嬉しくて嬉しくて、体の震えを抑えるのに必死だった。

少しでも気を抜いてしまえば、お兄さんＢに抱きついてしまいそうだ。硬くてあたたかい彼の背中に顔を埋めたい衝動に負けないよう、必死に体に力を入れた。

「お前を過去の自分に重ねて、勝手に夢を見て、自分勝手に利用して。そして、お前からたくさんの機会を奪って……。悪いと思ってる。あんなことがあった俺だけど、またログインしたくなるくらい、いい思い出ばかりだったのは確かなのに。お前にそれを選ばせないよう誘導したのは俺だ。無事に帰りついた時には、存分に俺を恨んでくれていいから」

そんな馬鹿な。ゲームぐらいで――

正直、職業なんてどうでもよかったし、能力値もどうだってよかった。

お兄さんＢにとっては思い出深いゲームでも、私にしてみれば、すすめられたからなんとなくはじめたゲーム。ただそれだけの価値しか持たないものだった。

しかし、それはあまりにもお兄さんＢの思い出を馬鹿にしているように思えて、慌てて自分の考えを封じこめる。

ただ、私が彼を恨んでなんていないことだけは、どうしても伝えたい。

こみ上げる震えと涙を必死に堪え、渇いた喉を唾液で湿らせた後、ゆっくり口を開いた。

「あの時、一人で放置されたとしたら恨んでたかもしれません。でも、こうして一緒にいられて、嬉しいんです。そのための選択だったと思えば、全然辛くありません。利用だってなんだって、どんどんしてください。それで生きていられるんなら、儲(もう)けもんですよ。私にとって今の最優先事項は、皆と、お兄さんと一緒にいることです。そのための剣士で、そのための守備型で、そのためのスキルで……全部、必要なものです。私にとって必要なことを教えてくれたんですよ。それに、お兄さんの思い出も素敵ですけど、この状況だって、なかなか貴重な初心者体験だと思いませんか？　私は今、とっても楽しいんですよ」

自分が本当に助けられてばかりなのだと言葉で伝えることは、意外に難しかった。

相手の言葉を否定すれば嫌悪感を抱かれそうだし、素直に助かってると言っても謙遜(けんそん)に取られそうだ。そして言いすぎたら嫌味になる。

どう伝えればいいか考えあぐねて、結局出てきた言葉は事実だけだった。

「……お前はすごい」

淡々と語るだけだったお兄さんBは、感慨深げに言った。

「俺は、お前が不安がってるところや怖がってるところを、ほとんど見たことがない。何も知らない世界で、皆の負担にならないように、順応できるようにと必死になってる。オーバーなリアクションの陰で泣いているんじゃないかと不安に思って覗(のぞ)いても、お前は涙を見せるどころか嫌な顔一つしていない」

そんな風に心配されていたのかと、驚いて息を詰める。

「お前のその奇跡的な鈍(にぶ)さは、本能的に危険を避けようとしている防衛手段に思える。自分の生死を碌(ろく)に知りもしない人間に任せるなんて、鈍感じゃなければできないだろう。お前が何も知らないのをいいことに、俺たちは好き勝手振りまわしてる。なのに、それに対して文句の一つもない。説明を省(はぶ)いていても、拗(す)ねたり不貞腐(ふてくさ)れたりしない。お前の知らないゲームの話題で盛り上がっていても、黙りこんだりしない。場の空気を乱したり、不機嫌になって座りこんだり、落ちこんだり、疲れた素振りを見せない。何も知らない、何もできないお前ががんばってるのに、俺たちが先に倒れるわけにはいかない。だから、俺たちも和を保ててる。お前は、本当にすごいよ」

お兄さんBは、いつも呆れているのだと思ってた。

馬鹿なことばかりしている私に、嫌悪は抱いてなくとも好感も持ってない——と。

だけど本当は、私のことを心配して気を配り、いつも見てくれていたのだという。

私は、思わず手を止めて体を丸めた。

ちがう、ちがうのだ。そうじゃない、そうじゃないのだ。

お兄さんBの言葉に、私は内心で必死に首を振る。

私が不安を顔に出さないのは、我慢して取りつくろっているからじゃない。私が怖がってないのは、無理しているからじゃない。

——全部全部、皆がいるからだ。

皆は先回りして、私の不安を消してくれたり、守ってくれたりする。

何もできない大きな荷物を、誰もが見捨てずに連れていってくれる。

この事実だけで、私がどれだけ救われているのか、きっとわかっていない。

大きな怪我だって、一つも負っていない。それは、皆が守ってくれている明らかな証拠だった。

あんなにたくさんのモンスターの中を突っきってきたのに、私の体には傷一つ付いていなかった。

皆がいなかったら、私はとっくに孤独と不安に押しつぶされているだろうし、モンスターの手にかかって死んでいることだろう。本当に、皆のおかげなのだ。

「さっきはすごいと言ったけど、本当はすごくなくていいんだ。そんなのは俺たちの仕事で、お前はもう少し泣いていいし、困っていいし、恐れていいし、文句を言っていいと思ってる。初心者なんだ、知らなくて当たり前だろ。知らないことは怖い。俺たちはお前より少し知識があるおかげで、この事態は怖いが、この世界は怖くない。自分の腕と財力があれば、多少の苦労で乗り越えられると知っているからだ。だけどお前は、両足がすくむほど怖いはず。怖がって、いいんだ」

私は、ついに涙を堪えきれなくなった。お兄さんBの背にぽつんぽつんと雫が落ち、布地に染みを作っていく。

私はいつの間にか、しっかりと筋肉のついたお兄さんBの分厚い腰にすがっていた。しゃくりあげる声を抑えられず、口からひっくひっくと嗚咽がこぼれていく。

なんでこんなに、優しいのだろう。

なんでこんなに、私のことを安心させてくれるのだろう。

この世界に私を気にかけている人間がいるのだと、全身で訴えてくれるなんて。

私に何ができるっていうんだ。

彼らにしてもらうことの百分の一も、千分の一だって返せていないのに。

なんにもなんにも……本当に何も返せない私に、なんでこんなに親切にしてくれるんだろう。

思わず裏を読みたくなるほどの厚意だ。

あたたかいものばかりをもらって、私の心はパンク寸前……ううん、もうパンクしちゃって、涙が溢れ出して止まらない。

目元を手の甲で拭う。だけど熊将軍に借りた鎧が邪魔をして、上手く涙を拭えなかった。

次から次に溢れる涙は、鎧を伝い、お兄さんBの服に染みこんでいく。みっともなく鼻水まで垂れてしまい、慌ててすすった。

そんな私に気づいていないはずがないのに、お兄さんBは何も言わない。好きに泣かせてくれる。その心遣いに、彼の体温に安心して、涙はとめどなく流れた。

伝えたい言葉がたくさんあるのに、こみ上げてくるのは嗚咽と涙ばかりで、全然口から出てきてくれない。

「お前は不思議だな。するりと入ってきて、あんなに牽制し合ってた皆を笑顔にして、当たり前のように頭を撫でられている。ゲームで人と関わるのは面倒だなんて思ってた俺でさえ、お前を守ってやろうって思ってる。お前を守ってやる。無事に帰してやる。だから心配するな。いいな、ポチ」

はい。

わんと鳴いて、お手もします。

だからきっと、守ってくださいね。そして一緒に帰りましょう。皆で一緒に。

お兄さんBの声は麻薬のようだった。

はじめて名前を呼ばれ、体が痺れて言うことを聞かない。

私は、何度も何度もこくこく頷いた。その振動がお兄さんBの腰に伝わったのか、彼は腕から顔を覗かせて、薄く笑った。

こちらに向けた視線が色っぽくて……そしてなんだか、とてつもなく慈しまれてるように感じて、羞恥と困惑から慌てて言葉を返した。

「は、い、はい。お兄さん。ポチは嬉しいです。一生ついていきます」

私の声は震えていて、ところどころ掠れて吐息になった。そんな私の声をからかうこともなく、お兄さんBは喉を鳴らして低く笑う。

「なんだ、俺のペットになるか？」

「三食昼寝つきでお願いします。でも、まずはお試しに一度飲みに連れてってください。いい飼い主だったら、飼われてあげます」

「ははっ、いいぞ。美味いもん食わしてやる」

マッサージ機能つきのペットか、いいな——なんて笑うから。

「やった！　お兄さんが得意先の接待で使うような、美味しい美味しいご飯屋さんですよ！　その時はお酒だって飲みますからね！　普段頼めないような高いお酒を、遠慮なくがぶがぶと！」

「あぁ、わかった」

その顔があまりにも優しくて、とろけそうで。

お兄さんBの極上の笑顔以上にとろけそうだった自分の脳みそをフル回転させ、鳴りやまない胸

の鼓動を悟られぬよう必死にはしゃいだ。

「約束ですよ！　約束！　約束は守ってくださいね！」

だから私も守ります。

飲みに連れていってもらうかわりに、このお話は、誰にも言いません。

そんな想いをこめたことに、私より数倍聡いお兄さんBは気づいたのだろう。先ほどよりもさらに優しい顔で、「わかったから」と囁いてくれた。

その声にまた痺れてしまった私は、体も口も一ミリだって動かすことができなくて、そのまま硬直した。

――気づいたら、随分と時間が経っていたらしい。お兄さんBはうつ伏せのまま静かな寝息を立てていた。

呼吸するたびに上下する背にほんの少しだけ額をくっつけて、目を閉じる。

小さな小さな声で……眠っているお兄さんBには伝わらないよう呟いた。

本当に、ありがとうございました。

きっと彼はお礼なんて望んでいないと、そう思ったから。

お兄さんBが眠ってくれたことは、大変ありがたかった。これ以上何かを話していたら、襲わない自信がなかった。お兄さんBが強いとはいえ、酒に酔い、マッサージを受けて寛いでいるところである。この世界で男の体格を持つ私が、彼一人を組み敷けないはずがない。

そんな最低なことを考えながら、お兄さんBの長い睫毛を見ようと顔を覗きこむ。

閉じられた目、呼気に濡れた半開きの唇、ほんのりと桃みたいに色づいた頬、睫毛に浮かんだ小さな雫。

何もかもが扇情的で、どうして自分を追いこむような行動を取ってしまったんだと後悔した。

お兄さんBが寒くないように、四次元革袋から布の服と布のズボンを取り出して体にかけた。ほんの少しだって寒さを感じてほしくなくて、私は彼にそっと寄り添い、体を丸める。そのままうとうとしてしまい、いつしか私も一緒に眠ってしまった。

――翌朝、陽の光を瞼の裏に感じながらも、まだ眠いと膝を抱えた。その拍子に、肩にかかっていた厚手の布が滑り落ちる。そっとかけなおされる気配がしたが、目を開けられなくて、そのまま再び眠りに落ちた。

その寸前、「絶対に参戦はしないからな……」と呻くような低い声が聞こえた気がした。

◆　◇　◆

「おい、起きろ。朝だぞ」

いつも通りの不機嫌な声――そう思ったら、反射的に笑ってしまった。

そんな私に気を悪くしたのか、声の主は、日本人の平均的サイズである私の低い鼻を親指と人差し指でつまんだ。

息ができなくて、プルプルと首を横に振って抵抗する。彼の指は、素直に離れていった。

まだ起きたくない。私は目の前にあった枕に抱きついた。

私はもう一眠りしますね。

そう意思表示したつもりだった。しかしその枕には意思があるらしく、私の頭を押しのけて逃げようとした。私は逃がすものかと両手に力を入れて、頭をぐりぐりと押しつける。

「寝ぼけるな」

先ほどよりもさらに不機嫌な声が聞こえて、私は仕方なく、ゆっくりと目をこじ開けた。

朦朧とした意識の先にいたのは、黒い人だった。

黒い髪に、黒い瞳、黒い服、黒いスカーフ。

あ、スカーフ洗濯したのかな。私が鼻水つけちゃったんだっけ、と思ったところで意識が戻った。

「お……はよう……ございます……」

「おはよう」

お兄さんBは、ものすごく不機嫌な表情をしていた。なのに、律儀に返事をくれる。

おかしくって、私は笑ってしまった。

私はとっくに、この人の不機嫌さが怖くなくなっていた。

寝ぼけた頭を軽く振って、体を起こす。その拍子に、体にかけられていた布地がずるりと地面に落ちた。

朝の光は目に優しく、森の葉っぱ一枚一枚を穏やかに照らしている。柔らかな風が湖面に小さな漣を作る。太陽にキラキラと輝く水面が私の心を浮き立たせた。

寝ぼけ眼で、指を折っていく。アリの日、旅立ちの日、昼まで寝た日……今日は、この世界に閉じこめられて四日目の朝らしい。

朝一番の空気は、現実世界よりもこの世界のほうがぐんと美味しかった。背伸びをしながら、大きく息を吸いこむ。少し冷たくて、しんとしていて、深呼吸するだけで、新しい自分になれるような気がした。

ずり落ちた布を手に取った時、それが厚手のコートだったことに気がつく。

「これお兄さんび……」

Bと言いかけて、慌てて言い直す。

「お兄さんがかけてくださったんですか？」

「いや、違う。きっとメンバーの誰かだろう」

あたたかみの欠片もない淡々とした口調は、いつものお兄さんBのものだ。私はまた笑いそうになるのを必死に堪えた。嬉しかったのだ。昨日の儚くて脆いお兄さんBが消え、いつもの彼に戻っている。

それと同時に、素直なセクシーイケメンが消えてしまったことに、ほんのちょびっとだけガッカリした。だけどよく考えれば、あんなお兄さんBを四六時中相手にするのは不可能だ。神の領域である。きっと一日もしないうちに、心臓が破裂してしまう。

なのでしょうがないのだと、いつもの彼が戻ってきてくれて嬉しいのだと、そう思い直すことにした。

昨日話したことについては、今後一切触れないつもりでいた。

もらった幸せと安心だけをしっかり抱え、あとは綺麗さっぱり忘れた顔をして過ごそうと思っている。

私はもう、彼の不機嫌な顔を怖がることはないだろう。その表情こそが、私を心配してくれている証拠だと知ったから。彼の不機嫌な顔を見るたびに、だらしなく、へにゃりとにやけそうですらある。

私はお兄さんBにばれないように、忍び笑いを漏らした。

手にしたコートには、まだ温もりが残っている。

私は布団に潜りなおすみたいに、コートをかき寄せた。そして立てた膝にコテンと額をあてると、自然と瞼が下がってくる。

そういえば昨夜――お兄さんBと一緒にいる間は、〝愛しの君〟のことを一度も思い出さなかった。頭によぎることさえなかった。

私はその事実に驚いて、体を強張らせた。

確かに、こちらに来てから慌ただしくしていたため、彼を思い返す回数は減っていた。

だけど、あんな風に異性と交流したくらいで舞い上がり、まったく思い出さないだなんて。片想いに身を焦がしている乙女としては、あるまじき状況だ。

あまつさえ〝愛しの君〟に愛を捧げておきながら、他の男がちょっとばかし色気むんむんだったからといって触りたくなっただなんて、言語道断である。

〝愛しの君〟に合わせる顔がない。

そもそも彼は私の名前すら知らないので、私が何をしていてもまったく気にしないということはわかっている。わかっているのだけれども、やましい気持ちは消えなかった。

たかだか優しくされただけで――

普段、見せない笑顔を向けてもらっただけで――

甘くとろける声で、名前を呼ばれただけで――

そんなものぐらいで揺れ動くほどの気持ちだったのか。

その程度だったのか、私の一年間は。

こんな私でも干支ふたまわり分を生きてきたので、人並み程度の恋愛経験はある。

脇目も振らずに恋をしていた十代の頃、もしもこんな異常事態に巻きこまれていたら――帰還のことなど真剣に考えず、絶対に場を乱しまくっていたことだろう。

十二分にありえるシチュエーションに、考えただけで寒気が走った。

バリエーション豊かなイケメンたちに囲まれ、ありえないほどおんぶにだっこのお姫様待遇なのだ。のぼせ上がるに決まっている。

きっと空気も読まずに熱のこもった視線を送り、独占欲を剥き出しにし、そんな我侭な自分に気づきもしないぐらい舞い上がっていたと思う。

過去の自分を思い出し、私は軽く打ちひしがれた。

個性豊かな彼らには、かなりの吸引力がある。正直、場合が場合じゃなければ『こんなホストクラブがあったら通っちゃうなぁ』と思ってしまうほど魅力的だ。

二十四歳という私の年齢は、まだ落ち着くほどの年ではないと思う。でも、十代の頃よりは異性への耐性や免疫もついているし、ちょっとやそっとのことで勘違いしたりしない自信はある。

熊将軍からは、熱い言葉をもらった。お猫様からは縋るような目を、お兄さんAからは優しさを。どれも恋をするのに、ときめくのに、充分な要素のはずだ。なのに、彼らに感じているのは親愛の気持ちだけ。それ以上の何も、生まれる気がしない。

だけど、お世辞にも人当たりがいいとは言えないお兄さんBに、〝愛しの君〟に抱いているものと近い感情を持つなんて。そんなの、絶対に理解したくない。

私はゆっくり瞼を開いた。

湖の水で身支度しているお兄さんBの後ろ姿が見えて、一瞬、胸が詰まる。

違う、違うのだと、必死に弁解した。

彼に感じているのは、ペットが主人に感じるような愛情だ。

皆が私を〝ポチ〟として扱うから、まるでペットになったみたいな錯覚に襲われているのだ。

その中で、あまり可愛がってくれなかった最後のご主人様がとうとう落ちた。

腹ばいになってねだったら、腹をくしゃくしゃと気持ちよく撫でてくれた。

だからきっと、昨日感じたのはそれに対しての喜びで。〝愛しの君〟に対する感情とは、似ているようで違うものなはず。

なんとか平常心を保つため、必死に否定の材料を探した。

だってそんなの、おかしいじゃない。パンク寸前の心がそう叫ぶ。

〝愛しの君〟は確かにまだ私の中にいて、心を占領している。

彼のことだけでいっぱいで、ぱんぱんのきゅうきゅうだった私の心。当たり前のように、私は彼だけのものだった。

他の誰かが入る隙間なんて、一ミリだってなかったのだ。

なのに……それなのに、目を凝らして見てみれば、隅っこの隅っこの、そのまた隅っこに、誰かの姿があるなんて。

私の心は〝愛しの君〟のものだ。

決して二心を抱いたりしてない。浮気なんて、絶対にしてない。

私は強く否定した。

だけど否定すればするほど、抗えない気持ちが見えてしまうようだった。

「おい、何してるんだ。さっさと支度しろ」

身支度を終えたのか、お兄さんBは振り返り様にそう言った。

頭に何かが触れる。お兄さんBに軽く頭を叩かれたのだ。

その熱に、なぜだか顔を上げられなくて、私は消え入るような小さな声で「はい」と返事をするのが精一杯だった。

あと、あと十秒待ってください。

そしたら、ちゃんといつもの〝ポチ〟に戻りますから。

◆
◇
◆

硬い地面の上で寝ることにも、そろそろ慣れてきた。

ゲームキャラクターであるこの体は便利なもので、寝心地の悪さを感じても、翌日に体が強張っていたり、痛んだりすることはなかった。

大口を開けて欠伸(あくび)をする私の横には、呆れた表情を浮かべるお兄さんBがいる。けれど私は、彼も欠伸をかみ殺してるのをきちんと横目で見ていた。

〝愛しの君〟への想いも、お兄さんＢへの不確かな気持ちも、何もかも一まとめにくしゃくしゃにしてやった。そのまま頑丈な心の金庫に乱暴にポイッと押しこんで、しっかり鍵をかけた私は、いつもの〝ポチ〟に戻った。

頭が軽くて、口も軽くて、体も軽い。

扱いやすくて人畜無害。人の心に入りこむのが得意な子供みたいで、分別を持った大人でもある、忠犬〝ポチ〟に。

湖の水で顔を洗って身支度を整えると、私とお兄さんBは、そそくさと野営の拠点に戻った。

「皆を待たせすぎちゃいましたかね」と呟(つぶや)けば、お兄さんBは足を速める。私も小走りになった。

昨夜、焚(た)き火の用意をした場所に辿り着き、皆の姿を探すべくあたりを見渡した。

ふとある一点に目が留まり、私は思わず息を呑む。

言葉を失った私の前に広がっていたのは、死屍累々（ししるいるい）——見るも無残な屍（しかばね）たちだった。

岩に打ち付けられたかのように、項垂（うなだ）れてしゃがみこんでいる熊将軍。

討（う）ち捨てられかのごとく転がっているお姉さん。

うつ伏せになり、背中しか見えないお猫様。

うずくまっているお兄さんA。

あまりの惨状に、呆然と立ち尽くしてしまった。

思考回路が停止している私の隣で、お兄さんBはいつものしかめっ面（つら）で言葉を放つ。

「お前らは何をしてるんだ」

「したい……ごっこ……」

お兄さんBの問いかけに、お兄さんAが答えた。真っ青な顔に無理やり笑みを浮かべ、こちらを見る。

話す元気があることにいくらかほっとしたが、冴（さ）えない顔色が気になる。

なんとか話そうとするお兄さんAに慌てて近寄ると、私は小さく首を振った。

「ご無理をなさらないでください」

「ポチ……僕はもう……ダメみたいだ……。家に……残してきたパソコンの処理は……君に任せ……た……」

「え、お兄さん、お兄さんー!!」

「いいから起きろ。なんだこれは」

お兄さんAの頭をお兄さんBが叩く。

私はびっくりして、お兄さんBに非難をこめた眼差(まなざ)しを向けた。

「お兄さん！」

「どっちのお兄さんだ。それにお前も、こんな馬鹿らしい真似に付き合うな。おい、なんで伸びてるんだ」

「冷たい……『お兄さん』が冷たい……」

「湖に放り投げるぞ」

「二人はいいよね、いちゃいちゃらぶらぶと一緒に朝帰り。お熱いことで」

お兄さんBの冷たい声にもめげないお兄さんAは、顔色の割に、お兄さんBをからかう元気はあるようだ。そんなに深刻な事態ではないのかもしれない。私はホッと息を吐き出した。

お兄さんAの言葉を聞いて、うつ伏せに倒れていたお猫様が勢いよく飛び起きた。彼の顔色は、今のパーティー内では一番よかった。

「なっ……朝帰りって！　お前ら何してたんだよ！」

「何って、普通にマッサージしてただけですけど」

そりゃあもう、いやらしさ満点でしたけどね、私だけ！　とは言えずに口を噤(つぐ)んだ。この場の空気的にも、鍵をかけた心の金庫的にも、それはNG発言だ。

「ま、まっさーじって、な、何、い、いやらしいことしてんだよ！」

健全なマッサージのつもりで言ったのだが、想像力豊かな中学生には刺激が強かったらしい。顔を真っ赤にして、頭上の可愛らしい猫耳を伏せてしまった。

正直、同じ性別の二人が朝帰りしたからといって、心配することは皆目ないと思う。なのに顔を真っ赤にするなんて、最近の中学校では、少しばかりませた情報が一人歩きしているのだろうか。

私が小首を傾げていると、お兄さんBがお兄さんAに向かって言った。

「よしわかった。行水がしたいんだな」

お兄さんBは、お兄さんAの「お熱いことで」発言を聞き漏らしてはいなかったみたいだ。そして聞き流してやる気もないらしい。彼は、お兄さんAを抱き上げようとした。

「待って！　わかった！　僕が悪かった！　だから待って！」

さすがに慌てたお兄さんAは首を振り、そのままうずくまってしまった。

あれ、これは――

「もしかして、二日酔いですか？」

「そうよー……大声出すのはやめてー……」

「うぅ……頭が割れる……」

お姉さんと熊将軍から、それぞれしゃがれた声が返ってきた。

――一瞬、お姉さんを奪って仲間割れしてしまったのかと肝が冷えたのに……二日酔いって！

呆気に取られた私だったが、視界の端に猫耳が映り、慌ててそちらへ駆け寄る。

「ジュースで二日酔いになっちゃったんですか？」

「飲んだくれ以外は、早起きしなきゃいけない決まりでもあるの？」

素直じゃない言葉と不遜（ふそん）な態度はいつも通りで、元気のない三人を相手にした後だからか、少しほっとした。

馬鹿にされているにもかかわらず、私は顔がにやけてしまい、さらにお猫様の不興（ふきょう）を買った。細い御御足（おみあし）で、問答無用に腰をガシガシ蹴られる。

「ウォッカだから、すぐに抜けるとは思うんだけど……現実世界の自分と体のつくりが違うのかしら……」

お姉さんが呟（つぶや）くと、お兄さんBが頷（うなず）いた。

「そうかもな。俺も洋酒は慣れてるほうじゃないけど、今日は残ってないし」

「暗殺者は、職業柄お酒に強くできてそうだもんねぇ……」

お姉さんは、じと目で睨（にら）みつけるようにそう言った。こんな時でさえ色気を感じるのだから、羨（うらや）ましい。

お兄さんBは、多少心配している様子でお兄さんAに尋ねる。

「〝解毒（げどく）〟は？」

「〝解毒〟〝目覚まし〟〝霧払（きりばら）い〟……一通りかけてみたけど……ダメだった……〝二日酔い消し〟って魔法があれば……きっといける……」

「万能薬は？」

「全種類……解呪（かいじゅ）魔法……持ってる……から……置いてきた……」

お兄さんAはひらひらと手を振りながら答えると、再びバタリと地に伏せた。

「今日の出発は……ちょっとだけでいいから、待ってくれるかな……」

熊将軍の死にそうな声に、しぶしぶ頷いて賛成する。

だってだって、昨日はお酒を飲もうとした私を止めたくせに、皆が前後不覚で進退両難だなんて。

本当に、なんてこった。

そんなことなら、そんなことなら……私だって一口ぐらい飲みたかったー!!


「うぅー、揺れるー揺れるー……」

「上下が……左右が……わからない……」

「……」

お姉さんとお兄さんAがうわ言のように呟く。熊将軍は話す気力すらないらしい。

二日酔い組の三人は今、大きな灰色のオオカミくんの背に乗せられ、ゆっさゆっさと揺られている。ちなみに騎乗体勢ではなく、荷物のように腹這いで、横に三列に並べられていた。しかし、三人をオオカミくんに乗せた人間——すなわちお猫様の怒りを考えれば、紐でぶら下げられなかっただけ、まだマシかもしれない。

出発を遅らせることを許さなかったのは、なんとお猫様だった。

お兄さんBでさえ、自分も経験したことのある症状だったからなのか、三人の顔色の悪さを見て寛容(かんよう)な態度を見せた。だが、お猫様はどう心を砕いてお願いしても、頑(かたく)なに首を縦に振らなかった。

そんなに早く帰りたい理由があるのだろうかと、急速に不安になる。

いや、もちろん、私だって現実世界のことはそれなりに心配だ。早く帰って会社に連絡したり、〝愛しの君〟の顔を見たり、食べかけのしょうが焼き弁当を片付けたり、もし捜索願が出ていたらそれを取り下げてもらったりしたいけど。

現実世界に対する私の不安なんて、せいぜいこの程度だ。

まっさきに親の顔が出てこないことについては、両手を合わせて親不孝を謝罪する他ない。

先を急ぎたい理由をお猫様にさり気なーく……いや、直球で聞けば、単に二日酔いに巻きこまれるのが腹立たしいのだと憤っていた。

「大人なんだから、しっかりしろよ！」と中学生に言われて、反論できる者などいるはずもなく。

大人の威厳を見せるため、三人は不調をおして歩き出したのだが……なめくじが這うほうが早いんじゃないかというレベルだった。

そこで仕方なく、お猫様が灰色のオオカミくんを貸し出してくれたのだ。

お猫様の職業でもある狩人は、〝獣従属〟というスキルを使えるという。オオカミ、タカ、トラのうち一つを選んで従わせることができる、夢のような職業だ。

私ならトラを選択して、太いぽてぽてあんよで踏み踏みされたい。もしくは、肉球をぷにぷにする。まっさきに、全力でする。

ちなみに、騎士は〝竜従属〟というスキルを使えて、なんとドラゴンに乗れるらしい。

どら！　ごん！　ドラゴンですよ！　ドラゴン!!

実在しましたかー！　と小さな目を大きくして驚いていると、今さら何に驚いているんだと、逆にびっくりされた。

　しかし、思い出してほしい。

　私はこの世界に来て、大きなアリ、可愛いネズミとウサギ、凶暴なクマ、巨大なオオカミは見ましたが、ファンタジーな生き物は見ていないのです。そう、まだ一度も。

　何よりもファンタジーな存在であるドラゴンに、興奮を隠しきれない。早口にそうまくしたてたら、皆「なるほど」と頷いてくれた。

「こんな……事態でも……なければ……スカーレット火山に行って、不死鳥でも……見せてあげるのに……」

　お姉さんが息も絶え絶えに、オオカミくんに揺られながら呟いた。

　一言話すたびに、魂まで口から抜けていってるのではないかと思えるほどの顔色だ。

「んー……でも……ポチはシアン湖で……妖精族を……見せた……ほうが……喜びそうだなぁ」

　具合が悪くても会話にはまざるんだ。私は思わず、お兄さんAに感嘆の視線を送ってしまった。

「俺はライラック鍾乳洞でユニコーンを見てみたい」

　お猫様も、酒に飲まれた不甲斐ない彼らを許してあげるようだ。今まで不機嫌に黙りこんでいたのだが、ようやく口を開いた。

　もしくは、沈黙を破ってでも参加したい話題だったのかもしれない。大きな瞳をキラキラさせている。

　そうか。異常事態にドタバタして考える暇もなかったが、この世界は、彼らが画面越しに見続けてきたゲームの世界なんだよな、とそれこそ今さらなことを思った。

もし私が青い猫型ロボットの世界に行ったら、絶対に空き地へ行ってみる。愛と勇気が詰まったパン工場があったら、美味しいパンを分けてもらいにいく。そういうレベルで、皆はうきうきしているのだと思いいたった。

「人魚とかいないんですか！　人魚！」

ファンタジー世界といえば、絶対に外せないのが人魚だ。

尾が魚なことは、この際ちょっとどうでもいい。

人魚と言えば美女！　美少女！　熟女！

美しい女性たちの集団というイメージが私の中に根付いている。ふわふわウェーブのブロンドに、目鼻立ちくっきり、二重瞼のぷっくり唇。デコルテは真珠のように輝いていて、その下にはお姉さんにも負けない豊満な裸体。そして外せないのが貝殻ビキニ。ぽわんと意識を飛ばして妄想していると、お兄さんAがうーんと唸った。

「セルリアン洞窟にいたかな……でも……だいぶ気味が悪いよ？」

「えっ……美しい人魚以外は却下です……」

気味が悪い人魚というものを想像できなかったが、もし半魚人に髪が生えたような人魚だったら全力で却下だ。

「ドラゴン、吸血鬼、クラーケン、バジリスク、グリフォン、ケルベロス、スキュラ、ミノタウロス。妖精だと、レプラコーン、シルキー、ブラウニー、ピクシー、バンシー、コブラナイ、ドワーフ。空想上、伝説上の生き物や妖精は、大体いると考えていい。そういうのをモチーフに作ってるからな、ゲームは」

すらすらと流暢に話すお兄さんBだが、ほとんどの言葉の意味がわからなかった。

「えぇっとー……妖精が具だくさん！　ってことはわかりました！」

「おにぎりかよ」

お猫様の突っこみに、オオカミくんの背の上に倒れこんで沈黙を貫いていた熊将軍が、くすりと笑った。

道なき道を、獣と一緒に歩いていく。いつもは熊将軍が確認していたコンパスを、今はお兄さんBが握っていた。

足場の悪い森の中、オオカミくんは巨体を屈めたり曲げたりしながら、背中の荷物を落とさないように歩く。私はお利口さんなオオカミくんの顔の横で、鼻を撫でながら足を進めている。

たまに硬い鼻の頭をカリカリ掻くと、嬉しそうに目を細める。その様子が可愛くて、私はオオカミくんの横をずっと離れなかった。

そんな賢いオオカミくんの背の上の荷物たちは、いまだ青白い顔をしている。

そして真ん中に置かれている荷物Aが、早々に音を上げた。

「ぐる……じ……い――もう僕はダメだ……遺骨は海に撒いておくれ……」

私はふと気になったことがあり、首を傾げる。

「熊将軍、散骨って結局、違法なんですか？」

「……いいや。確か……刑法……一九〇条にて……葬送のための……祭祀として……節度を……もって……行われる限り……遺骨遺棄罪に該当……しない……と……いう……旨を……法務省も……発表してる……から……程ほど……なら、大丈夫……だよ」

「一緒に……パソコン……の……データも……消しておいておくれ……」

「もう、お兄さんはそればっかり」

呆れた私は、オオカミくんの鼻先を撫でながらお兄さんAを見上げる。

私の横から、不機嫌に耳を立てたお猫様が、ツンと澄ました声で言った。

「ちゃんと消す前に『おっぱい』とか『幼女』とかで検索かけてやるから、安心して死ねば？」

「やめてええええええ！　お願いだからやめてえええええええ！」

「うるさい……本当に頭に……響く……」

どこにそんな元気があったのかと思うほど勢いよく悲鳴を上げたお兄さんAに、お姉さんがドスのきいた声を出した。しかしお猫様は、そんなのどこ吹く風といった具合だ。

「もう、うるさいなぁ。ポチ、その辺の野草すり潰して、飲ませようよ」

「え!?　草を!?　いきなりパーティーバイオレンス発言ですか!?」

「いや、回復剤を調合するだけだから」

「へぇー……すごいんですね？」

「全然理解してないのに、すごいとか言わないでくれる？　まったく、オツムの程度が知れるよね」

「こら……年上に……そんなこと言ってはいけない……」

どうしても無視できなかったのか、熊将軍は身にまとっている鎧なみに顔を鉛色にして呻いた。

「死にぞこないの癖に、口だけは達者だね。ポチにすり潰させた回復剤を突っこむよ」

「カンベンシテクダサイ……オネガイシマス……」

私お手製を嫌がるとは、なんて失礼な熊将軍かしら、プンスコ。

それはさておき、今、天下はお猫様のものだった。

誰も彼の言葉に逆らえないし、逆らわない。

お猫様が不機嫌だからというのもあるけれど、今オオカミくんを取り上げられてしまうと、自力で這わなければならないのだ。

お猫様は、年上相手にも容赦ない。

昨夜、あんなに親しそうにしていた熊将軍にさえ、けんもほろろな態度だ。いや、もしかしたら憧れていただけに、二日酔いなんてしょうもないことして！　と憤慨しているのかもしれない。

確かに自業自得ではあるのだが、二日酔いはすごく辛い。中学生の彼にこの辛さを理解してもらうのは、難しいだろう。

ある意味、潔癖で完璧主義な年頃。

私も子供の頃、父が二日酔いになると、なんとも言えない気持ちになった。

不相応な飲酒をしたことで、きついだの苦しいだのと言う父に、軽い嫌悪感さえあった。

酒を呷った翌朝の父の呼気はアルコール臭く、両親の寝室にはその匂いが充満していた。父を介抱しながら部屋の換気をしたり、布団を片付けたりする母に、同情したものだ。

しかし私も成人し、酒を呷る機会が増えてからは、記憶の中の父に謝罪しなければいけなかった。自分が望まなくとも、そういう事態に陥ることがあると知ったのだ。

隣を歩くお兄さんBはほぼ無表情だが、オオカミくんの上の三人を見つめ、少々微妙そうな顔をしていた。

話によれば、暗殺者は酒に強いという設定があるらしく、お兄さんBはきっとそのおかげで二日酔いを免れた。キャラクターの職業によっては自分もオオカミくんの背に乗ることとなり、中学生に罵倒されていたのかと思うと、いたたまれないのかもしれない。

社会人が中学生に罵倒されることなんて、そうそうないよなぁ——私は、堪えきれず、笑みをこぼした。

「塩水でもあればいいんですけどねぇ」

この世界に来てからというもの、尿意がない。そのため排泄行為ができるかは不明であるが、二日酔いを早く治すには、摂取したアルコールを体から出すことが何よりも重要である。

肝臓がアルコールを代謝するのに大量の水分を使うので、消費された水分をどんどん補給してやるといいのだ。ちなみにこれは、同期会の事後処理に必要だったため身についた、ありがたくともなんともない知識だ。

代謝を促すためにも水分摂取をすすめたいが、今度は水中毒になるおそれもある。スポーツ飲料が最適なものの、さすがにゲームの世界でそれは見こめまい。

なら、せめて塩があればなーと思案していると、隣から声が聞こえた。

「塩水？　海水でもいいわけ？」

「え？　まさか、そんなものも持ってるんですか？」

「あるわけないだろ」

「確か――」と言って、お猫様が森の向こうを指差す。

「すぐ近くに海があったかなって」

オオカミに乗っていけば、きっとすぐだし――と、お猫様が三体の屍を乗せてお利口さんに歩いているオオカミくんを示した。

「え！　すごい！　この子に乗れるんですか!?」

「現に今、乗せてるじゃん。ていうか、乗れなきゃなんのためのオオカミなの」

乗るために育成されたオオカミは、世界広しとはいえ、そう多くないと思います。

「乗りたい！　私も乗りたいです！」

はい！　はい！　とお行儀よく右手の指をぴったりとそろえ、天高く突き上げた。

私の様子に、お兄さんBは眉根を寄せる。

その顔が怒ってるのではないと、私はもう知っている。

「行ってきたらいい。こいつらの面倒は俺が見ておく」

「ありがとうございます！　海水、取ってきますね！」

「理科の授業みたいだな……」

ゲームでまで、とお猫様はぶつぶつ呟（つぶや）く。

私たちはお兄さんBのありがたい申し出に背中を押され、グロッキー状態の三人を地面に降ろし、オオカミくんに跨（またが）って駆け出した。


「ううう……待ってぇ……ちょっと休憩ぃい……うっうっ……揺れ、揺れる……」

「もう、うるさいな。ポチまであっち組に入んないでくれない？」

「あああう、あああう……」

「あー、なるほど。これがあるから、従属にスキルレベルがあるわけか。十まで振っといてよかった」

なんですか、そのスキルレベルって——そんな質問をする元気もなく、私はお猫様の背にしがみついて、オオカミくんに揺られていた。

現在、絶賛・乗り物酔い真っ最中である。

オオカミくんの全速力は想像していた何倍も早く、木々の間をすり抜ける疾走感（しっそうかん）は最高だった。最初のうちは。

次第に、振動と空気に引っ張られる感覚に気持ち悪くなり、思わず口元を手で覆（おお）ったほど。ちなみに体はお猫様としっかり紐で繋いであるので、落ちる心配はない。

もしかして、あの三人がなかなか二日酔いから脱却できなかったのは、これのせいだったんじゃないかと思ってしまう。

　こんなに速く移動できるのに、この数日間、お猫様は一度だって自分だけオオカミくんに乗って移動すると言わなかった。オオカミくんをパーティーの移動手段として提案しなかったのは、全員は乗れないとわかっていたからだろう。もし乗れていたとしても、きっとお猫様以外の人は乗り物酔いに悩まされたに違いないが。

　中学生なのに、きちんと配慮できていて偉いな。彼の現実での年齢を知ってから、つい弟を見るような目になってしまう。

　お猫様は年下扱いしてほしくないのだろうが、知ってしまった以上、年長者ぶりたくなるのは仕方のないことである。

「ほら、着いたよ、ポチ。海、綺麗だから見てみなって」

　目的地である海に着いた時、私は口元を押さえて俯いていた。

　お猫様の気遣う声が聞こえるが、海の素晴らしさだとか美しさだとか、そんなことを考える余裕は微塵もない。

　海は、崖の下にあった。崖といっても、二時間サスペンスに出てくるみたいな断崖絶壁ではない。

　青い海に白い砂浜、その砂浜とこちらの大地を隔てるように、三メートルほどの段差があるのだ。

　その段差の上から見下ろした海は確かに広くて、青く輝いている。しかし今の私には、眼下に広がる海がただの巨大な洗面器に見えた。

「あ。クラーケンがいる」

お猫様の少し硬い声に、私はこみ上がってきていたものを呑みこんだ。

「くらーけん？」

「……一時期、話題になった海賊映画とかにも出てたんだけど」

ごめんなさい。映画もゲームも漫画も、嗜(たしな)んでなくってごめんなさい、と心中で頭を下げる。

体のほうは、あまり無意味に動かしたくなかった。

「まぁいいや。ほら、あそこ。見える？」

指差されてしまい、仕方なくそちらに体を動かした。

お猫様が示したのは、海岸沿いのずっと奥のほうである。波打ち際から随分と遠いところに、飛沫(しぶき)を上げて暴れている巨大な軟体生物の足が見えた。

「……たこ？」

「いか」

一見しただけじゃ足の数はわからないな、などと思いながら首を縦に振った。

「ここからも見えるなんて、かなり大きいんですね」

呑みこんだものが再びせり上がってきて、私は慌てて口元を押さえる。しかしクラーケンを凝視しているお猫様に、気づいた様子はない。

お猫様は神妙な表情でこくりと頷(うなず)いた。

「俺も現実に見るのははじめてだけど……でかい。画面じゃ、あそこまででかくなかったし」

お猫様の声には、抑えきれない興奮がまじっていた。

猫耳も、興奮のためかぴくぴく震えている。あまりの可愛さに噴き出しそうになった。言わずもがな、口の中のものを。

確かに、はるか遠くに見えるクラーケンは、言語に絶するほどの巨体だった。

そんなクラーケンが暴れているのは、絵の具を溶かしたみたいに真っ青で綺麗な海。

現実世界では、ちょっとやそっとじゃ、お目にかかれないだろう。

海外旅行でもしているようで、ちょっと得をした気分になる。

しかし、美しい海から生えているのはベージュ色の足。

うねうね動く足は、気持ち悪い以外に形容できない。

双眼鏡がなくとも鮮明に見ることができる巨体に、身震いはしても興奮はしない。

男の子と女の子の差かなぁ、なんて呑気なことを考えていた時、お猫様の声が聞こえた。

「あいつ、倒したいな」

あ、やばい。そう思った時には遅かった。

大慌てで横を向くと、お猫様の目は今まで見たことがないほどキラキラ輝いていた。

「付随効果狙って〝辻人の弓〟と〝破邪の矢〟使えば、２Ｋダメいけると思うんだよね。あのでかさにはビビるけど、今までのｍｏｂからしてＭＨＰはゲームと変わりないだろうし。他プレイヤーもいないから、崖撃ちしても文句言われないよな。クラーケンを一人で討伐なんて、こんな機会でもなきゃ、この先一生ないだろ」

お猫様は、私のことなど頭の片隅にも置いていないようだった。私のさっぱりわからないゲーム用語を延々と呟き、ああでもないこうでもないと、クラーケンを倒す手段を熟考している。

キラキラ輝く彼の目に、私は太刀打ちできなかった。

正直、もうどうでもいいから早く海水を持って帰りたい。

そんな願いが届いたのか、お猫様がうきうきした目をこちらに向けた。

「ポチ。お前、あとどんくらい荷物持てる？」

「ええと、わかんないですけど……皆の回復剤？　とかも結構持ってるので、そんなに余裕はないと思います」

一見なんの荷物も持っていないように見える私とお猫様。だけど実は、結構な量の荷物を四次元革袋に詰めこんでいる。

大量の荷物を背負わなくていいため、私は非常にこの革袋が気に入っていた。現実世界に持って帰りたいもののナンバーワンだ。

しかし、ゲームのシステムとして持てるアイテムの種類と数が決まっているので限界はある。

私はほぼ限界まで、さまざまなアイテムを革袋に詰めこんでいた。なんの役にも立てないが、荷物持ちなら、と名乗り出たのだ。決して、二十四年間で染みついたパシリ根性によるものではない。

自分の荷物など布の服と布のズボン、それにナイフしかなかったため、九割ほどは皆からの預かり品だ。

基本は回復剤などの消耗品だが、誤って落として壊しちゃったらいくら賠償しなきゃいけないんだろう……と不安になるアイテムもたくさんある。

「俺の、こんだけ持ってて。あと、精神力回復剤を十個くれる？　あとでちゃんと返すから」

革袋の中のアイテムは、皆から預かってるものだ。それを勝手に渡していいのだろうか。

塔に上る時に必要だったら困るし、私にはどのくらいの価値なのかも判断がつかないし……どうしようか思案していると、せっかちなお猫様が手を突き出した。

「早くっ」

「うーん」

再び吐き気がこみ上げてくる。正直、難しいことを考えたくなかった。

まぁいいか。

こう言ってるんだし、後で本人がどうにかするだろうと、革袋からアイテムを取り出して渡した。

「あんなに大きいのに、一人で大丈夫なんですか？」

遠目にクラーケンを眺めながら尋ねる。

あそこまで大きな生き物自体、はじめて見た。鯨だって、あの巨大イカに比べれば赤ちゃんのようなものだろう。

そんな化け物を相手に、たかだか弓矢でどうにかなるのかと不安だった。

「んー、まぁ正直、一人で倒せるかは微妙？」

「ええ、や、やめましょうよ！」

自信があるのかないのかわからない顔でお猫様は言った。私は驚いて彼の服を引っ張る。

「うわっ、やめろよ。大丈夫だって。狩人なんて、敵に攻撃する位置さえ間違えなきゃ、よっぽどのことがない限り死なない職なんだから。手ごたえがなければ帰ってくるし」

本当ですか、本当ですか？　と涙目になりながら詰め寄った。

「ちなみにあのイカ助、どれほど強いんですか??」

「んー。ボアベアの体力が二万四千くらいだったかな」

ボアベアというのは、私がぺしゃんこにされかけた巨大クマだ。

あの時は、お姉さんの魔法とお猫様の矢、それにお兄さんBの剣があった。

「あのイカ助は？」

「1・8M」

「……？」

いってんはち、エム？　M？　Mって、マゾってことですか？

「百八十万」

「ひゃ、ひゃくはちじゅうまん……？」

体力が百八十万といえば、体力二万四千の巨大クマの七十五倍だ。

巨大クマ七十五匹を、一人で倒すっていうの？

「大丈夫だって。精神力回復剤使ってけば、矢四百本ぐらいでどうにかなるだろ」

矢四百本って、四百回も弓を引くってこと？

あんまりな発言に驚いて目を丸くするが、お猫様は意に介していないようだった。

私は、少々乱暴にお猫様の腕を取る。

「な、なんだよっ⁉」

真っ赤になって慌てるお猫様は非常に可愛らしいが、今は頬を緩めている場合ではない。

お猫様の手に、ゆがけはついていなかった。こんな剥き出しの指で四百回も弓を引くなんて、ただの自殺行為だろう。

それともゲーム世界だから平気なのだろうか？

不安になって、彼の顔を見つめる。

「だから何」

「せめて、ゆがけだけでもつけてくれませんか？　不安すぎて吐きそう」

「は？　ゆがけって何？」

心底困惑した表情を浮かべるお猫様に、一瞬、思考が止まった。

「え？」

あ、そうか。

ゲームで弓を引いていても、彼は現実世界で弓道をしているわけじゃなかった。

あまりにもお猫様の弓を引く姿勢が美しいので忘れがちになるが、彼の弓術はゲーム内の〝スキルレベル〟に起因するもので、現実世界で会得したものではない。

親友が弓道部だったため、私はゆがけを知っていた。しかし、そうでない人にとっては縁のないものかもしれない。

「弓を引く時に必要な、親指を保護する手袋みたいなやつです。ゲームにも存在しますよね？」

「あぁ……じゃあ〝鵺退治の防ぎ〟をつけとくよ。どうせ命中率底上げするために、装備するつもりだったし」

お猫様はそう言うと、私の腕を乱暴に振りほどき、革袋から装備を取り出して目の前でつけてくれた。

あとは、四百回も弦を引いて指がつらないことを祈るばかりだ。

弦を引っかける部分があるようには見えないし、あまり硬そうにも見えない。それでもないよりかはマシだろうし、革製だから、指の皮がすり切れたりもしないだろう。

「あんなに大きいので、怪我にだけは充分、気をつけてくださいね。無理そうだったら帰ってきてください」

素直に心配してそう告げると、「うるさいよ、負けないから」と鼻をつままれた。

「置いてきぼりが嫌なら、絶対そこから動かないこと。これ、冗談じゃないからね。わかったなら返事！」

「ハイッッ！」と背筋を伸ばした私を残し、お猫様はオオカミくんに乗って颯爽と走り去っていった。

私はクラーケンの攻撃が当たらない、海岸から少し離れた場所で待機する。

乗り物酔いがひどかったので、ようやく一人になることができてホッとした。

精神的には女のままなので、血縁関係でもない男性の前でオロロロロしてしまうことだけは、さすがに避けたい。

すぐに待機場所へ戻れるよう、ほんの少しだけ離れた場所で、スッキリするまで吐き出した。口をすすぎたいが、海に近づけば、きっと強いモンスターにザクッと一撃だろう。

よし、すすがなくても死にはしない。うがいを我慢して、大慌てで待機場所に戻ってきた。

うんうん。ここまで匂いは漂ってこない。

気分も随分スッキリした。

現実世界では乗り物に酔いやすいほうじゃないが、やはりお猫様が言っていたスキルレベルというのが足りないと、ダメなのだろうか。

せっかくあんなファンタジーな体験ができたのだから、もっと楽しめたらよかったのに。

そんな不満を漏らせるほど、幾分、心にも余裕が出てきた。

そういえば、と空を見上げる。

皆と一緒に進んだ木々の生い茂った森では、どれほど空を見上げても、葉の隙間から差しこむ眩い光が見えるだけだった。それが今、こんなにもはっきりと見ることができる。

ポツンと膝を抱えて座るちっぽけなポチを包みこむみたいに、そこには冴えざえとした青が広がっていた。入道雲は夏を想起させ、青春を呼び起こす魔法でもかけられたように、懐かしい気持ちになった。

こうして一人きりでいると、砂漠にへたりこんでいた時を思い出す。

あの時の私は、何も知らないこの広い世界に一人きりで、不安で不安でしょうがなくて、心細さから涙さえ出てこなかった。ようやく泣けたのは、迎えに来てくれた白黒コンビの二人の姿を見てからである。

あんなに怖かった世界が、今はちっとも怖くない。

少し前にお猫様に訴えた通り、皆が助けてくれると信じているからだ。

皆がいると知っているから、皆と繋がっていると思えるから、何も知らない大地を怖いとは思わなかった。

私自身は、ゲーム世界に来た頃とほとんど変わっていないのに、虎(とら)の威(い)を借りて、好き勝手しているなぁと他人(ひと)ごとのように笑った。

お猫様を待って、どのくらい経っただろうか。

私は近くの木の根にしゃがみこんで、心ゆくまで空の青さを眺めていた。

現実世界でも地元は田舎だったので、広い空は見慣れている。しかし、この世界の澄みきった青さには、心から感動した。どこまでも走っていきたい躍動感(やくどうかん)に駆られた。

海の青さも、それはそれは美しかった。

こんなに美しいのは、ここが〝作られた世界〟だからかもしれない。

空と海は、人がパソコンの中で作り上げた〝美しいグラフィック〟だ。

とはいえ、これ以上考えると、今の自分の存在さえ希薄(きはく)なものに感じてしまいそうだったのでやめた。

その時、近くの森の茂みから、がさりと音が鳴った。

お猫様が帰ってきたのかと音のしたほうへ顔を向けると、見たこともない、へんてこな緑色の生物がいた。

そう、一言でいえば変だった。

背は人間の子供ほどもなく、耳は尖っていて、目はぎょろりとしている。飛び出した頬骨の下には突き出た細い顎があり、醜悪と言っても過言ではない見た目だ。

以前、親友に見せられたファンタジー映画に出てきたコブ……なんとかとかいうモンスターに似ている。

そのモンスターは私を見つけると、茂みの奥から駆け寄ってきた。

私は目を見開いて、その行動に驚く。

やばい！　あれだ、襲わなくても襲ってくるタイプだ！

正式名称は残念ながら覚えていなかったが、そんなことはどうでもいい。バカな自分に突っこみを入れつつ、大慌てで立ち上がった。そして森の中へ走って逃げようとして……足を止めた。

この場ではぐれてしまったら、この先、二度とお猫様と合流できないかもしれない。そんな不安が頭をよぎった。

そしてそれは、きっと杞憂じゃないはずだ。

さっと血の気が引く。

私がこの世界でこんな風にのんびりと、フラフラ生きてこられたのは、すべて皆のおかげである。

皆がいなくなってしまったら、皆とはぐれてしまったら、私は小枝みたいにパキリと折れてしまう存在だ。

　ここからは動けない。

　私は意を決して、借り物の剣を腰から抜いた。

　シュルリ、と刀身が鞘をこすった音が耳に入る。

　抜いた剣を両手で強く握りしめ、近くの木の幹に、深く突き刺した。折れないように気をつけながらそれに足をかけ、枝に手を伸ばす。ポチ少年の体は、現実の自分よりも随分と楽に、木に登ることができた。コブナントカがこちらに辿り着く前に、木の上に登れてホッと息をつく。

　あ、剣はどうしよう。

　見下ろせば、お猫様の装備一式よりも高いと噂の剣が、深々と幹に突き刺さっていた。

　あわあわ木の上で慌てていると、コブナントカが木の根まで辿り着いた。どうするのかと、ゴクリと生唾を呑みこむ。もし私がしたように、剣に足をかけて登ってこられたら、絶体絶命だ。

　しかしコブナントカは木に登ってくることはなく、まるでゼンマイじかけの壊れた玩具みたいに、何度も何度も木に向かって突進していた。手に握った小さなナイフが、幾度も宙を裂く。

　その様子はホラー映画のゾンビみたいで、恐怖から悲鳴を上げそうになった。

　しかし、しばらく観察していても、コブナントカはそれ以外の行動を取ろうとしない。もしかするとこれは、以前に熊将軍が話してくれた〝ＡＩ〟によるものかもしれない。

　〝ＡＩ〟とは人工知能のことで、このゲームの場合だと、モンスターに行動を指示しているシステムを指すらしい。モンスターはある一定の法則のもと、プログラミング通りに行動しているのだと教えてもらった。先日、私が遭遇したエリアボスのクマも、〝ＡＩ〟で動いているという。あの時は恐怖と緊張で、私が枝を踏んだのをきっかけに襲ってきたのだと思ったが、違うようだ。

それもそうか。好き勝手にモンスターの気持ち通り行動できるなら、それはもう生き物である。

コブナントカに限らず、このゲームのほぼすべてのモンスターは、一番近い敵に一番近いところから攻撃するというプログラミングになっている。皆はそれを熟知していて、どこからどのように攻撃すればいいかを知っていた。一切の無駄がない皆の動きに、何度全力で拍手を送ったことか知れない。

親切心から熊将軍がいろいろと教えてくれたが、私には正直、ちんぷんかんぷんだった。

しかし、「理論で攻めてもダメなら体で慣れろ」と、お兄さんＢに無理やりモンスターの前に引きずられていったことだけはしっかり覚えている。来世まで覚えててやる。

とりあえず、このまま木の上にいれば、コブナントカはああしてずっと木に向かって突進し続けるに違いない。短い腕で振り回しているナイフも、私を掠めることはないだろう。

お猫様が帰ってきてから退治してもらえばいい。

そう思うのに、ナイフを下から突きつけられている状況に、恐怖が勝ってしまった。

現代の日本で日常生活を過ごしていて、ナイフを向けられた経験がある人間がどれだけいるだろうか。そんな体験すらないのに、延々とそれに耐えなければならないのは、平和ボケした私にとって非常に辛いことだった。

万が一、枝が折れてしまえばひとたまりもない。

剣を幹にぶっ刺したことで手ぶらになった私は、抵抗らしい抵抗すらできず、あのナイフでめった刺しにされるだろう。そんな未来は来てほしくない。私はぎゅっと両手を握りしめた。

よし、やるぞ。

目標としては、なんとか近寄らずにコブナントカをやっつけることだ。つまり、下りて正々堂々と戦うより、卑怯と言われようとも木の上から戦うほうが有利である。

私はそっと下を見た。コブナントカは、相変わらずゼンマイじかけの壊れた玩具だし、剣は幹に深く突き刺さっている。さて、どうしよう。

四次元革袋を探ってみると、海水を入れるボウルがわりに借りた、熊将軍の兜を見つけた。手にとってみると、そこそこの重さがある。よぉし、これを使うか！　と私は、布のズボンと一緒に兜を取り出した。

兜にあいていた通気穴に布のズボンの裾を通し、きつく結ぶ。布のズボンの先に兜がくっつき、なんともへんてこりんな物体ができあがった。しかし、私はその出来栄えに満足してうんうんと頷く。

即席ではあるが、鉄球のような役割を果たす武器が完成した。

持ち手を短くし、手頃なところで振ってみる。遠心力により、兜はブンブンとよく回った。これならいけるだろう。

上手くいくことを願って、私は一度両手を合わせた。

お父さんお母さん。二人を思い出すよりも先に〝愛しの君〟を思い出すような親不孝な私ですが、どうぞ遠いお空から見守っていてください。

相手は今までの動物と違い、若干ではあるが人型だ。そんなコブナントカを殺す——いや倒すことに、ひどく戸惑いがあった。しかし、ここで死ぬのは嫌だし、迎えに来てくれたお猫様にがっかりされるのも嫌だ。救いは、奴が緑色なこと。これだと、人型であっても人には見えない。

よぉしやるぞ。相手はコブナントカ、コブナントカ。

せめて感触がなければいいのに、と思いながらズボンの裾を伸ばし、ターゲットに兜を近づけて狙いを定める。そのまま目をぎゅっと閉じ、遠心力に任せてぐるんと回した。

——ガッ！

手に強い衝撃を感じる。兜がコブナントカに当たったようだ。

ひぃ、と全身に鳥肌が立ったが、やめるわけにはいかない。

一発当たったことにより綺麗に円を描いた兜は、ぐるんと揺れた。危うく自分に当たりそうになってバランスを崩す。枝から落ちそうになって、ぐっと両太腿に力を入れた。強く足で枝を挟めば、先ほどよりも随分安定する。

思っていたほど上手くいかないなぁ。

私は瞑っていた目を開けて、コブナントカを見た。外から攻撃を受けたにもかかわらず、コブナントカは先ほどとなんら変わりのない動きをしている。

私のほうを睨んでいたり、痛そうにうずくまっていたりしたら、きっとこのまま攻撃を続けることはできなかっただろう。その行動は、あまりにも人間を彷彿とさせる。

コブナントカが本当に〝AI〟で動くモンスターなんだと思うと、心底安心した。これは、ただのグラフィックだ。そう思いこむことに成功した。

慣れないながらも何度か兜を振り回していたら、そこそこ当たるようになってきた。遠心力を上手く使い、手首のスナップをきかせ、私はただ無心に布のズボンを回し続けた。

しばらく経って、兜の当たる感触がなくなっていることに気づいた。

「お？」

手ごたえのなさに驚き、地面を見下ろす。先ほどまで壊れた玩具と化していたコブナントカは、すでにいなかった。かわりに、きれいな宝石みたいなものを見つける。どうやらコブナントカは消えたらしく、これは戦利品のようだ。

皆が傍にいる間は、支援魔法をかけてくれたり、私に攻撃が当たらないよう壁になってくれたりした。そのため、本当に一人で敵を倒したのはアリ以来だ。

私は嬉しくなって意気揚々とし、猿のようにスルスルと木から下りた。

そして、草の上にコロンと転がっているアイテムを拾う。ガラスに似た見た目だが、ずっしりと重い。

赤いハートの形。コブナントカの心臓みたいで気味が悪いが、太陽にかざせば綺麗だったので、うんと頷いておく。

宝石を四次元革袋に突っこんだ後、私は足を踏ん張りながら、なんとか剣を引っこ抜くことに成功した。

そのまま木の根にしゃがみこんでお猫様を待っていると、あまり時間が経たないうちに、彼は戻ってきた。

五体満足なお猫様に安心して抱きしめたら、全力で拒絶された。それでもめげずに抱きついていると、手に持っていた矢で背中を突かれそうになり、大慌てで飛びのいた。

プリプリ怒るお猫様は大層可愛らしい。しかしこのまま見つめ続ければ、にやけているのがバレるかもしれない。

私は話題をかえることにして、緑色のコブナントカを倒したことをさっそく報告した。するとお猫様は破顔(はがん)し、珍しく「へぇすごいじゃん」と褒(ほ)めてくれた。

ちなみにコブナントカの正式名称は、ゴブリンと言うらしい。〝ブ〟の一文字しか合っていなかった。

「確か体力が八千くらいあったんじゃない？」と言われて『へぇー？』と首を傾(かし)げたら、少し呆れた視線を向けられた。

剣で倒したのかどうかを問われ、〝即席鉄球のような武器〟を見せて事のあらましを説明したら、「なんて邪道(じゃどう)な……」と絶句された。

どうやらゲームプレイヤーとしては、そんな倒し方をまったくもって想定していなかったらしい。

「ゲーム初心者だからこその発想なのかも」と妙に感心したように言うので、照れてしまった。

お猫様は無事にクラーケンを倒せたそうで、ほくほくしていた。

そして彼の手には、見たことのない瓶がある。

「海水ですか？」と聞くと、「それは今から」とお猫様は答えた。

「これは万能薬」

その言葉に首を傾げようとして、やめた。

確か、お兄さんBがお兄さんAに持っていないかどうか尋ねていたものだ。どうやらこれは、クラーケンを倒して手に入るアイテムだったらしい。

「まぁ、倒しても落とさなかったら嫌だったし」

だから内緒にしていたのだ、と小さく呟いたお猫様は、とんでもなく可愛かった。私は全身の力を総動員して、抱きつきたい衝動を堪える。しかしその反動か、表情にまで気が回らなかったようだ。私のにやけた顔を見て、機嫌のよかったお猫様は腹を立ててしまった。

帰路に着く前、緑色の血が付着した兜に海水を注いだ私たちは、お兄さんBの上げてくれたのろしを目印に、皆のもとへ向かった。

私はオオカミくんの背の上で、再び沈黙していた。帰りは、行きよりも随分と上下運動が多かった気がする。オオカミくんの乗り心地は、お猫様の機嫌次第なのだと悟った。

皆に合流する直前、お猫様に断って少し離れると、私は木の洞にしゃがみこんだ。オロロロロロと吐いてさっぱりした後、フラフラお猫様のところへ戻る。すると気が済んだのか、皆に分ける前に、ほんの少し万能薬を舐めさせてくれた。

「ただいま戻りました〜」

「おかえりぃー……」

旅立った時とあまり変わらない顔色で、三人が迎えてくれた。

私は意気揚々と、両手に抱えていた兜を突き出す。その瞬間、皆が一斉に顔をしかめた。

「何……その緑の……血痕みたいなの……」

お姉さんの問いかけに、胸を張って答える。

「みたいなの、じゃなくて血痕です。勝利の証です」

「ええー……よくわかんない……けど……そんなのに……注がれてるの、飲みたくない……」

お兄さんAが、よよよと泣きながら顔を背ける。

弱々しく言えば許してもらえると思って！

我儘を言う皆に唇を尖らせたが、弱っている相手に強くも言えず、私は口を噤んだ。

皆にとっては瞬殺できるような雑魚でも、私なりに結構がんばったのに。ほんの少しだけ悲しかった。

そんな私を見ていたお猫様は、手に持っていた瓶を革袋の中に隠した。

あれ？　とお猫様を見れば、私を強く睨みつけた後に顔を背ける。

「ほら、水ちょうだい。海水薄めるから」

「えー……飲みたく……ないよぅ……」

えぐえぐと泣き真似をするお兄さんAの背に、お猫様はゲインと一発蹴りを入れた。

どういうことかと、目を丸くする。

今朝、湖から汲んできたのか、お兄さんBが水の入った瓶を差し出す。お猫様はそれを引ったくるようにして受け取った。

　これまたお兄さんBが用意していたグラスに、海水と水を注(そそ)ぐ。水の量が適当だった気がするが大丈夫だろうか。どれほどの塩梅(あんばい)に薄まっているかはわからないが、お猫様が率先しているため手も口も出せない。一番の功労者は、まず間違いなくお猫様だ。

　結局、私はなんにもできなかったなぁ。ついていっただけ、邪魔だったのかも。ここで留守番してればよかったかな、と少し落ちこんだ。

　しかし、自分が非力なのはよく知っている。ほんの少しがんばったからと言って、認められなかったことに対し、卑屈(ひくつ)になっていてはいけない。私は、慌てて気持ちを持ち直した。

　たとえば二日酔いに苦しむ彼らが上手に鼻をかめたからといって、私だって両手を叩いて褒(ほ)めたりしないだろう。つまりは、そういうことなのだ。

　お猫様はズイッと三人の前にグラスを突き出した。

　熊将軍は苦笑して、お兄さんAとお姉さんは嫌々受け取った。

「ありがたく飲みなよ。このポチが体を張って汲んできたんだから」

　お猫様は三人をギンッと強く睨(にら)みつけた後、すぐに背を向けて歩き出した。そして私の隣に来たかと思うと、私の腕を強引に取って、いつかのように引きずっていく。

　少し離れた位置まで移動すると、ピューイと空に響き渡る音でオオカミくんを呼び出した。それから私をオオカミくんのふかふかの尻尾(しっぽ)に向かって突き飛ばし、またフンッと顔を逸(そ)らす。

　そんなお猫様と私の様子を見ていた三人は、顔を見合わせた。困惑する私を見て、彼らは申し訳なさそうに笑う。

「がんばって……くれた……んだ？」

「は、はいっ」

お兄さんＡの言葉に、がんばりましたとも！　と拳を作って言うと、皆は嬉しそうに破顔した。

「よく……がんばった……わねぇ」

「ありがとう……」

「じゃあ……ありがたく……飲まない……と……ね」

そうお礼を言ってくれたお姉さん、お兄さんＡ、熊将軍。

皆は手にした塩水を一気に仰いだ。随分と濃かったらしく、皆一様にむせたが、吐き出すことはなかった。

先ほどまでのちょっとした劣等感が嘘みたいに消え、心は晴れ渡り、私の胸にはほわほわとあたたかいものが広がっていた。

げほげほと苦しそうな三人を見て満足したのか、お猫様は革袋から例の小瓶を取り出した。得意気な顔をしてお兄さんＡの前に立つと、咳きこむ彼を見下ろしながらこう言った。

「精神力回復剤、十個」

突き出した小瓶はクラーケンからの戦利品、万能薬だった。

お兄さんＡは、みるみる顔を綻ばせていく。

「……えらいぞー！　なんて……いい子……だ！　はじめての……おつかいは……大成功だね！」

「わっ、やめろよっ！　やんないぞ！」

「いい子……いい子……、よーし……よしよし……よしよし」

「まじ、やめろって！」

お兄さんAは喜色満面で、お猫様の頭を撫でた。

お猫様は嫌がり必死に逃げようとしていたが、両腕で拘束されてしまって逃げきれず、ぐしゃぐしゃ体中を撫でられる結果に終わった。

私もあのぐらい褒めてくれてもいいのに……。羨ましそうに見つめていたのがばれたのか、お兄さんBが呆れた目で見つめてくる。私は、ハッと目を逸らした。

三人で一つの瓶を分けたので、効力は抜群とはいかなかった。しかし、立ち上がって歩けるようにはなったらしい。さぁもうひと踏ん張りだと、皆で歩きはじめた。

第五章　六人で行く六歩目

ようやく六人で歩き出せた頃、すでに太陽は空の真上から西に傾いていた。

しかし、時間のロスが今日はあまり苦にならない。なぜなら、走ってしまえば辿り着くほど近くに塔が見えてきたからだ。

あんなに遠く感じていた塔も、もう目の前。私は知らず知らずのうちに緊張していた。

この塔を上れば全部終わるという安心。

塔のボス討伐が帰還の条件じゃなかった場合、また一から違う帰り道を探さなければならならないという不安。

塔を上るのにどれだけ大変な思いをしても、帰還条件と関係なければ、ただの骨折り損のくたびれもうけだ。

頭の軽い私は今はじめてそんなことを考えているけど、皆はもっと前から……もしかすると最初から、そういった不安と戦っていたのかもしれない。

だけど、皆はそれをおくびにも出さなかった。

自分が能天気すぎて嫌になる。皆が抱えているだろう不安に、思いも至らなかった。

そして生まれながらの能天気さは、塔を目前にした今も変わらない。不安だと思いながらも、どこかで楽観的なのだ。

これがダメなら、次を考えればいい。皆が一緒ならなんとかなるだろう。

そんな風に感じている。

ここに来るまで、皆に危険が及んだことは、まったくと言っていいほどなかった。

クラーケンとの闘いは見ていないからわからないけど、帰ってきたお猫様は余裕そうだった。

きっとそれほど大変でもなかったのだろう。

強くてレベルの高い五人がいることは、とてつもない安心感がある。私は絶対に危険なんかないって無条件に信じていた。

彼らは誰一人として傷なんて負わない、って。

彼らには危険なんかない、って。

私は馬鹿みたいにそう信じていた。


——それは、一瞬の出来事だった。

私は、目の前にそびえ立つ塔の高さに見惚れていた。この世界に来て四日目の夕方、ついに塔の入り口まで到着したのだ。

その建物は、童話のラプンツェルの塔を彷彿とさせた。石造りで、ところどころが苔むし、蔦が這っている。佇まいは立派で、見るものを圧倒させた。

塔の入り口には分厚いドアがあり、まるで立派な城門のようであった。

四人がかりで押してどうにかこうにか開く重いドアなんて、現代社会では見つけることさえ難しいだろう。

昨夜みたいに、月夜に輝く姿を遠目から見るのもいいが、近くで見るのもまた美しい。

あたりには蛍のような光がたくさん漂い、より一層、幻想的だった。ともするとあたたかみのある建物に見えたが、触れるとひんやり冷たい。上弦の塔という名の通り、柔らかな光を放つ、本当に月みたいな塔だった。

塔は、繊細でいて煌びやかに輝いている。まるで月と星からこぼれる光をすくい上げ、かき集めたかのようだ。光は塔を構成するレンガから放たれているらしく、この世界の暗い夜を明るく照らしてくれた。

塔の明るさは視覚的な効果にすぎなかったが、皆の希望の光にも感じられる。この塔を上れば帰れると信じさせてくれる力があった。

私は懐から取り出した毛玉様を手のひらにのせて、話しかける。

とうとう、ここまで来たんだね。

背後ではお兄さんBとお姉さんが野営の準備を終え、焚き火の近くに座って寛いでいた。談笑のようなものが、かすかに聞こえてくる。彼らの話し声が小鳥のさえずりみたいに、子守唄みたいに心に沁みて、落ち着いた。

熊将軍、お兄さんA、お猫様がどこに行ったのかというと——お姉さんたちが野営の準備をはじめたのと同時に、塔の中へ繰り出していた。冒険者を誘うかのように、大きく開いた塔の扉。皆が出かけて、それなりの時間が経つ。

この塔がゲームに実装されたのは私たちがゲーム世界に来た日だったため、前情報がほぼなかったらしい。

そんな場所に、高レベルの五人だけならともかく、お荷物一匹を引きつれて安全に上れるのか。三人はそれを確認しに行ってくれたのだ。つまり、百パーセント私のための偵察である。

皆には、地面にめりこむまで頭を下げても足りない。

この臭い足を向けて寝ることなんか、もってのほか。本当に、感謝している。

塔を上れば、きっと全部終わる。そう、全部。そして元の世界に帰れる。

帰ったらまずお父さんとお母さんに電話をして声を聞き、コンビニでいつもは買わない少し高いプレミアムなロールケーキを買おう。それと、奮発してアイスとジュースも一緒に買ってやる。ビデオも借りにいって……あ、でも、今度はこのゲームをパソコンでしてみたいから、ビデオを借りても見る時間がないかも。起動したらまたこの世界、なんことはないよね？

考えごとをしながら三人が消えていった塔の入り口をぼうっと見つめていると、突風が吹き抜けた。手のひらにのせていた毛玉様がコロリと転がる。

コロコロ転がっていく毛玉様をぼんやり眺めていた私は、それが塔の中に吸い寄せられていくのを見て、ハッと正気に戻った。

毛玉様！

リズミカルに転がっていく毛玉様を追いかけて、私は塔の中に入る。

風に煽(あお)られて転がっていく様は、実家のポチの毛が生え変わる季節になるとよく見る光景だ。

元凶の風がやんだせいか、毛玉様はそう遠くへは転がらなかった。

塔の内部は、光り輝く外壁とは対象的に薄暗い。壁にかけられた灯籠(とうろう)のわずかな明かりだけが頼りで、気味が悪かった。

毛玉様を連れてすぐに帰ろう。私は小走りになりながら毛玉様のもとまで急ぐ。

拾い上げた瞬間、毛玉様のふわふわした感触を指先に感じた。両手で包みこみ、ほっと息を吐いた——その時。

それは、一瞬の出来事だった。

肉の裂かれる音が響いたと同時に、あたりには濃い鉄分の匂いが充満する。

血だ、と呆然としながら思った。

ただでさえ動きの鈍(にぶ)い私の頭は、考えることを拒否するかのごとく、思考を停止したがっていた。

だけど、むせ返るような血の匂いがそれを阻(はば)む。これだけ匂いがするのは、大量の血が撒(ま)きちらされたからだろう。

私は、時が止まったのかと思った。自分の心臓さえ、止まってしまったのかと。

身じろぎ一つできずに、つい先ほどの音を思い出す。

今わかっているのは、肉が裂かれたこと、大量の血が流れたこと。

——そして、私はどこも痛くないということ。

耳元に、熱い吐息がかかった。その熱さに、凍っていた背筋がほんのりとあたたまる。

耳に、掠(かす)れた声が響いた。

「いいか、外に向かって、そのまま走れ。決して立ち止まるな」

お兄さんBの声だ。

後ろから覆(おお)いかぶさるように抱きしめられていたことにさえ、私は今の今まで気づいていなかった。

キンッという鉄と鉄とがぶつかり合う金属音が響いた時、私はお兄さんBに背中を押されていた。あれだけぐるぐると頭の中で考えていた時間は、どうやら一瞬だったらしい。体が冷たくなっていくが、私は必死に駆けた。

少しだけ振り返ると、何かと対峙(たいじ)するお兄さんBの後ろ姿が見えた。彼の背中には、薄明かりでもわかるほど、濃い染みができていた。

きっと、あれは――血のにじみだ。

私がいては足手まといになる、走って逃げなくちゃ、と私は夢中で走る。

だけど、まるで泥の中を走っているかのように、足を一生懸命動かしても、前進している気がしなかった。

進め、進め、進め！

力いっぱい腕を振りながら、必死に走る。入り口までの距離はそうないはずなのに、いくら足を踏み出しても辿り着かず、途方もなく長く感じた。

ようやく入り口を抜けた先では、お姉さんが焚(た)き火に薪(まき)をくべていた。

お姉さんのもとまで駆け寄るが、声が出ない。

私はお姉さんの細い腕を背後から乱暴に引いた。

今までにない粗野な扱いを怪訝に思ったのだろう。お姉さんが顔を上げてくれた。

振り向き様にお姉さんが何かを口から発したが、まったく耳に入ってこない。必死にお兄さんBのことを伝えようとするが、震えるばかりで、上手くしゃべれなかった。

そんな私を見て、お姉さんは瞬時に顔色を変えた。その険しい表情に、私はお姉さんの視線の先を追う。

お姉さんが凝視していた私の腰には、お兄さんBの血がべったりと付着していた。

あんな短時間抱きしめられていただけで、こんなに血が染みつくなんて。私のせいで、一体どれだけの血を流しているのだろう。体中がガタガタと震え出した。

「お、おにいさん、が」

声はほとんど音にならず、掠れた響きだけが空気を伝わってお姉さんに届く。

「ここにいて。中に入ってきちゃダメよ」

お姉さんは私の返事を聞く前に、木に立てかけていた杖を手に走り出した。

大股で走っていくお姉さんが、塔の中へ消えていく。

私は何もできずに、立ち尽くす。塔を抜ける風が不気味な音を立てて、私の頬を撫でた。

足が震えて、力が入らない。それでも、座る気にはなれなかった。

両手の中の毛玉様を握りしめて、必死に祈る。

二人が――お兄さんBとお姉さんが、無事に帰ってきてくれることを。

じっと祈りながら待っていると、お兄さんBとお姉さんはすぐに帰ってきた。

お姉さんは無傷に見える。塔に入る前と変わったところは見受けられなかった。

お兄さんBも普段通りの顔をしていて、いつも通りの足取りだ。

慌てて駆け寄って体中をくまなく確かめるが、あの時の怪我以外は負っていないようである。つまり、彼が怪我をしたのは私をかばった時だけだった。

これが指す事実に気づけないほど、馬鹿ではないつもりだ。

「あんたの布のズボン出しなさい。あと布の服も。止血するから」

そんな後悔は後回しにしろと、お姉さんが目で訴えた。

謝ろうとしていた口をぎゅっと引き結び、四次元革袋から慌ててアイテムを取り出した。お姉さんは自分の持っていたアイテム類も取り出すと、全部を一まとめにしてきつく結んだ。それを、応急手当てのようにお兄さんBの背中に強く固定する。

お兄さんBは、肩から腰のあたりに大きな傷を負っていた。お兄さんの着ていた服は、綺麗に引き裂かれている。あまりにも痛々しい傷からつい目を逸らしそうになるが、必死に見つめ続けた。

手際よく手当てをするお姉さんを見て、私は情けなくて両手を強く握りしめた。

お姉さんは美容師だと言っていた。こんな怪我を見ることはほとんどないだろうし、看護師さんのように手当てに慣れているわけではないだろう。現実世界では、私とあまり変わらない、普通の社会人だ。

なのに、私は血まみれのお兄さんBに動揺して、お姉さんの指示がなければまったく使いものにならなかった。

情けない。

私のせいなのに。私が軽はずみなことをしたせいで、負った傷なのに。

私がいなければ、お兄さんBはあの敵に遅れを取ることなどなかった。一太刀（ひとたち）だって食らうことなく、倒せる相手だった。

お兄さんBは、普通の会社員だったはず。こんなに大きくて深い傷、慣れてるはずがない。

私がこんな傷を食らってしまったら、余裕で一ヶ月は療養（りょうよう）に当てるだろう。紙で指を切っただけでも、涙目になってしまうほど痛いのだ。

お兄さんBは、どれほど痛いことか。これほど大きな怪我を負ったことがない私には、想像もつかない。

なのに彼は、弱音一つ吐かなかった。それに、私を責めない。私のせいで、大怪我したのに。

気づけば、口から謝罪の言葉が漏（も）れていた。

気にするなという風に、お兄さんBは私の頭をぽんぽんと叩く。

最初は怖かったのに、いつの間にか、この手にとても安心するようになっていた。それを失ってしまうところだったのだ。

そんな恐ろしい事実に気づいた私は、彼の手の温（ぬく）もりを感じながら、ただただお礼と謝罪の言葉を繰り返す。

お姉さんにドスのきいた声で「いい加減にしろ、うるさい」と殴られるまで、私の謝罪は続いた。

自己満足だとは、わかっていた。

だけど謝らないと身が引き裂かれそうで、お兄さんBから拒絶や断罪の言葉を聞くのが怖くて、保身のためにずっと謝り続けたのだ。

「することがないなら、圧迫止血でも手伝ってなさい」とお姉さんに言われ、私はお兄さんBにしがみつき、布を彼の背に押しつけた。

お兄さんBは怒っているのか呆れているのか、あるいは疲れているのか……私に何も言わなかった。

お兄さんBの体温に、安堵する。

戻ってきた、帰ってきた。

彼は無事なんだと、心の底からホッとする。

とくんとくんと、当たり前のように聞こえる心臓の音に感謝した。

怖かった……私は、お兄さんBの背で泣いた。

――どのくらいの時間が経っただろうか。

「おやおや……クライマックス？」

「いいから治療してくれ。どうも〝出血〟になってるらしい。回復剤は呑んだんだが、傷口が塞(ふさ)がらない」

お兄さんAとお兄さんBの声がした。

私は止血に少しでも協力できればと、お兄さんBの背にまだ抱きついたままだった。

偵察から戻った三人は、血まみれのお兄さんBと、泣きじゃくった顔で抱きついている私を見て、諸々察してくれたらしい。

「はいよ。ポチ、ちょっと離れてくれるかな」

お兄さんAの言葉に、首を縦に振ることができなかった。

私が離れれば、また痛ましい傷口が顔を出し、おびただしい量の血が噴き出して、お兄さんBが死んでしまうかもしれない。恐怖にがんじがらめにされた私は、しがみついた腕に力をこめた。

「ポチ、大丈夫。治療するんだよ。離れて」

その言葉に、慌てて顔を上げる。

「……ちりょう」

「そう。治すから。彼が痛がってるところを治すんだ。だから大丈夫だよ。僕に任せて」

いつもとは違うお兄さんAの柔らかい声と真摯な表情に、私は小さく頷いた。

それでも完全に離れてしまうのが不安で、少しだけ体をくっつけたままだった。

「〝止血〟〝体力回復〟」

お兄さんAの神妙な声が聞こえたと同時に、彼から漏れた淡い光にお兄さんBが包まれる。

お兄さんBの顔を覗きこむと、青かった顔色が元に戻っていた。

お兄さんBは右手を何度か握ったり閉じたりして、静かに頷く。

「よくなった、ありがとうな」

私はその声を聞いて、ようやく呼吸が楽になった気がした。

お兄さんBは、大事を取ってそのまま休むことになった。

私は彼が無茶しないかを見張るお目付け役を与えられた。皆の気遣いをありがたく受け取らせてもらい、今はお兄さんBの傍にいる。

彼の血で汚れた服を洗い、体中についた血を拭(ぬぐ)っているところだ。

破れてしまった服は、違う装備にかえるらしい。お兄さんBが四次元革袋から出した別の服もまた、黒かった。

いつもの自分なら、イケメン細マッチョの裸体に、心の中できゃあきゃあ騒いでいるところだ。

しかし、今はとてもじゃないが、そんな気分にはなれなかった。

自分のせいで怪我を負わせてしまったことは、重い鉛(なまり)のように胸につっかえている。お兄さんBの背中を拭(ふ)いている間、涙が途切れることはなかった。

お兄さんBの背中は、傷一つなく綺麗だ。

先ほどのお兄さんAの治療で、傷は跡形もなく消えてしまったらしい。だけど、いくら傷跡がなくなったからって、魔法ですぐに治療できるからって、怪我をした事実まで消えたわけじゃない。

味わった痛みまで消えたわけじゃない。流れた血が、戻ってくるわけじゃない。

濡(ぬ)れた手拭いで、丁寧に丁寧に背中を拭く。昨日、背中に触れた時はあんなに幸せを感じていたのに、今は押し寄せる後悔と悔恨(かいこん)の念に押し潰されそうで、苦しかった。

「いつまで泣いてる」

ひっく、としゃくりあげる私の声が聞こえたのか、お兄さんBが呆れたように言った。

泣くのはずるい。わかっている。痛かったのも、きつかったのも、迷惑をかけられたのも、お兄さんBだ。泣きたいのも、怒りたいのも、彼のほうである。

私が泣く権利なんてないとわかっているのに、どうしても、どうしても涙が止まらなかった。

「もう傷はないだろ」

それに、痛くもない——言葉は淡々としているものの、どうしても声音があたたかく聞こえてしまう。今慰められたら、ことさら泣いてしまうだけだ。

せめて、彼の痛みだけでも引き受けることができたらよかったのに。

「泣き虫だな。男なんだからしっかりしろ」

溜息とともに吐き出された言葉に、これ以上呆れられたくなくて、私は「はい」と掠れた声で答えるのが精一杯だった。

「はい、じゃない。聞きわけがいい返事しやがって。なら涙を止めろ」

「はい」

また返事をするが、涙は止まらない。

お兄さんBは、眉根を寄せて言った。

「なんで泣いてる。言え」

「ちが、違うんです。これは自己嫌悪で」

「うるさい。自己嫌悪で泣かれりゃ迷惑だ。とめろ」

「はい、はい。もう少しで、すみません。ごめんなさい」

「うるさい。泣くな」

「はい。すぐに」

返事はしたけどすぐには止まらず、私はきつく目を瞑(つぶ)り、嗚咽(おえつ)を堪(こら)えるため息を止めた。

お兄さんBが振り返り、私の頬を両手で挟みこむ。

「言え。なんだ」

お兄さんBの声があまりにも優しくて、私はゆっくりと目を開いた。

その拍子に、目からぽろりぽろりぽろりと涙がこぼれて、お兄さんBの手を濡(ぬ)らす。

「死んで、しまうのかと」

「……」

「傷を、負うなんて、思ってなくて」

だって、だって今まで誰一人、一度も怪我をしなかった。

「これが、ゲームじゃないんだって。現実なんだって」

私が能天気でいられたのは、この世界があまりにも現実離れしすぎていたからである。

ゲームに詳しくない私は、この世界に自分が入りこんでいる感覚がイマイチ掴めないでいた。他人(ひと)ごとみたいで、どこか映画のフィルムがカタカタ回っているのを見つめているような、そんな感覚でいたのだ。

「あぁ」

そういうことか、とお兄さんBの声が聞こえる。

「お兄さんが、いなくなって、しまうのかと」

彼らは、私の中で〝絶対〟だった。

〝絶対〟強いし、〝絶対〟頼りになるし、〝絶対〟裏切らない。〝絶対〟怪我を負わないし、〝絶対〟私を元の世界へ帰してくれるし、〝絶対〟皆で帰るためにがんばってくれるし、〝絶対〟――死なない。

そんな私の浅はかな思いこみは、いつの間にか自分の中で揺るぎない真実になっていた。それが一つ音を立てて崩れただけで、世界の滅亡と同じように感じてしまうほど。

彼ら全員が血を流し、私の目の前に横たわる未来さえあるのだと。

堪えきれなかった涙が溢(あふ)れる。それをお兄さんBの親指がゆっくりと拭(ぬぐ)ってくれた。だけど次から次へと溢れて、お兄さんBの手をじっとり濡らしていく。

「死なない。もうこんな不覚も取らない」

お兄さんBの揺るぎない声に、私は彼の目をじっと見つめた。

お兄さんBはしっかり私を見据えていて、驚くほど真剣な表情だった。

「誰も死なせないし、五人そろえば、お前を足手まといにはしない」

だから泣くな。いいな――

ぶっきらぼうな言葉は、私の不安すべてを拭(ぬぐ)い去ってはくれなかった。

だけど、口下手な彼のひたむきなまでのまっすぐな言葉が心にぶつかる。私は心の中の重い鉛が、すっと溶けていくのを感じた。

私は何度も何度も、首が折れるんじゃないかと思うほど首を縦に振った。

お兄さんBの手は、びしょびしょに濡れていた。

せめて何か返せたら――だけど、お兄さんBは、お礼も謝罪もきっと受け取ってくれないだろう。

だから私は、必死に取りつくろった笑顔を向けた。

「はい、お兄さん」

◆　◇　◆

朝日に照らされて目が覚めると、私はオオカミ君のお腹で眠っていた。

どうやら昨日は、泣き疲れてそのまま眠ってしまったらしい。どこまで迷惑かけてるんだと顔を青くした私の隣には、なんとお猫様が眠っていた。

どうやら、迷惑ではなく心配をかけてしまっていたらしい。その寝顔を見つめて、私はかすかに笑みをこぼした。

今日は、朝から塔を探索する日である。いや、探索という言葉は適切ではない。塔を攻略する日である。

皆は、朝から準備に余念がなかった。

私は預かっていた高価なアイテムを四次元革袋から取り出して、地面に敷きつめる。皆は自分の手持ちのアイテムと見比べながら、いくつか自分の荷物に加えていった。

そこに、ふと見慣れぬ影が通りすぎる。

ポチの市からアイテムを受け取り、出発準備を進めるため木の側へと移動したその人物に、あれ、と首を傾げた。

「あれ？　……あれ⁉　あれ⁉　お姉さん⁉」

「あら、どうしたの、ポチ」

振り返った人物は、フードの隙間から桃色の髪を覗かせながら笑った。私はその完璧な笑みに見惚れる余裕もないほど、動転してあわあわと口と開閉させる。

「おおおおねえさん、おっぱいが、おっぱいがない～～～‼」

「あら、懐かしい台詞ねぇ」

お姉さんの感心したような声の間に、お兄さんAの大笑いが入りこむ。

「あはははは‼　そういえば、会ってすぐも胸がどうのって言ってたもんねぇ」

私の大声に集まってきた面々が、見慣れない格好をしたお姉さんを取り囲む。

「正装か？」

「そうよ。さすがにあんな紙装備で塔に上ろうなんて思ってないわ」

お兄さんBの言葉に、肩をすくめたお姉さん。彼女には今、いつもの曲線美は見られない。私はお姉さんの頭からつま先まで、何度も何度も、舐めるように見つめた。

お姉さんは妖艶な魔女から、整粛な魔女になってしまった。

およそ肌色の部分をすべて覆い尽くしたドレスは、いかにも物語に出てくる魔女みたいであった。引きずるほど長いスカートは、しなやかで白く輝く足を覆い隠していた。いつもは風になびいて揺れる髪も、綺麗にまとめてフードで覆っている。その姿は毒りんごを売る魔女にも見えたし、教会で粛々と過ごすシスターにも見えた。

そして何より、大事な二つのまぁるいメロンが……

「おっぱいが、おっぱいが！　おっぱいがなくなるなんて、あんまりです！　私への裏切りです！　おっぱいへの冒涜です!!」

ゲームでのデザインがどのようなものなのかは知らないが、胸は普通、服を着たら隠れる。大好きだった大きな二つの胸は今、分厚い布地の向こう側である。この悲劇を、なんと嘆けばいいのだろう。

「しょうがないでしょ、あれは普段のスタイル。戦闘の時は魔法力を底上げしないと」

「うっうっ……お姉さんが……まともなこと言ってるぅ……」

「私はいつもまともでしょ」

お姉さんに呆れた目を向けられ、ツンとおでこを小突かれる。それで誤魔化されるなんて思わないでくださいよ、と思いつつ、顔がにやけてしまったので説得力はないだろう。

「確かにこれ、あんまり趣味じゃないのよね」

「そっちのほうが似合ってると思うけどな」

引きずる裾を持ち上げながら憂鬱（ゆううつ）そうに言ったお姉さんに、お兄さんBがさらりと言った。お姉さんだけでなく、全員が目を見開いてお兄さんBを見る。

「なんだ？」

「あーやだやだ、これだから無意識って」

お姉さんのやけっぱちな言葉に、一も二もなく全員が頷（うなず）いた。

「皆さんも、今日は服装が変わるんですか？」

「変わらないよ。そもそも、この異常事態であんなふざけた格好すんの、そこの露出狂（ろしゅつきょう）だけだっつの」

お猫様が呆れたように、お姉さんの格好を見て言う。私はお猫様の猫耳をじっと見つめた。その視線に気づいたのか、お猫様は不愉快そうに眉をひそめる。

「これはオオカミスキル所持してると、能力値ボーナスがたんまりつくの」

「へ、へぇ、そうなんですねぇー。可愛いだけだと思ってました……猫耳……」

「これ、狼耳（オオカミみみ）だから」

「えっ！　そうなんですか！」

ほへぇ、ぽかーんと頷く私に、お猫様はふんと鼻を鳴らした。

そんな彼に、お姉さんはしなを作って詰め寄る。

「あーら、坊やは反抗期？　それとも、アッチのほうが好みだった？」

脱いであげてもいいのよ？　と、スカートを持ち上げるお姉さんに狼狽（ろうばい）したお猫様は、上ずった声で答えた。

「わああ！　ち、近づくなよ！　ばっかじゃないの！」

お姉さんから距離を取るため、お猫様はびゅんと後ろにジャンプした。そのまま真っ赤な顔を腕で隠して逃げ去ろうとするお猫様を、熊将軍が慌てて捕まえる。

「おっと、準備が終わり次第すぐ出るからね。遊んでる時間はないよ」

「別に遊んでたわけじゃ！」

「はいはい。ほら、純朴少年で遊ばない」

「はーい、ごめんなさーい」

てへ、と舌を出すお姉さんのあまりの可愛さに、私はお猫様の味方をするのを諦めた。

しぶしぶながらも仲直りした二人を見届けた熊将軍が、うんうん頷きながら両者の頭を撫でる。

「はい、じゃあ早く出発できるように、各自準備ー、散会！」

――その後、準備を整えた私たちは、塔の入り口に集まった。

これで皆との旅が終わるかもしれない。

塔に入ってしまえば、後戻りもできないだろう。

皆の話では、おそらく今日中に結果が出るのではないかとのことだ。

帰れるか、帰れないか。

高揚感と、不安。

昨日みたいに誰かが怪我をしてしまったら……。拭えない不安をかき消すように、私は強く自分に言い聞かせる。

誰も死なない。お兄さんBが約束してくれた。

よし、と気持ちを切り替えるように顔を上げた。

私の様子を見ていたお兄さんAは、どこか満足そうに頷く。

「じゃあ、これから中に入るけど、ポチ」

「はい！」

私の気持ちの整理がつくのを待ってくれていたらしい。お兄さんAは、いつもとは違う真剣な顔をこちらに向けた。

「塔の最上階は十階だ。君は三階の敵まで応戦してもいいけど、それ以上の階では、敵に近づくのも禁止。わかった？」

「わかりました！」

お兄さんAは、昨日の偵察でいろいろと調べてきてくれたらしい。

「三階までも、決して僕の傍を離れないように。間違っても、敵を狩ってる人に近づいて邪魔したりしないように」

「了解しました！」

「僕から離れていい距離は、これくらいだからね？」

「覚えました！」

それからそれから、とお兄さんAが注意点を挙げていく。

さらに、前、横、後ろから他の皆も次々と口を開く。それぞれの役割から見た注意点を事細かに説明されていくにつれ、自分の頭からぷすぷすと煙が上がっていくように感じた。

それを察してくれたのか、熊将軍が慌ててストップをかける。

「ポチくん、大丈夫かい？」

「えっと、詠唱中断が、効果時間が、敵が多いから……」

目を回す私に、なぜかお姉さんが謝る。

「悪かった、悪かったわ、ポチ」

「おーけい、とりあえず君は僕から離れない。いいね？」

やだお兄さん、きゅんてくる！

平常時ならそんな冗談の一つでも言えただろうが、今は脳味噌が反対方向にフル回転している感じで、頭の中がぐちゃぐちゃだ。

とりあえず、お兄さんAから離れない。その言葉にだけ、しっかり頷いた。

お兄さんAと私のやりとりに、熊将軍が深く微笑む。身にまとった銀色の鎧は、朝日に照らされて眩しく光っていた。

すっと息を吸った熊将軍は、神妙な顔つきをした皆に向かって言った。

「じゃあ、行こうか」


塔の中は、ひんやりとしていて涼しかった。

昨日の三歩先も見えないような薄暗さはなく、ところどころに設けられた窓から室内にふんわりと陽が差している。

塔に入ると、皆が一斉に武器を構えた。

思えば、全員が一緒に闘うのを見るのは、はじめてのことかもしれない。私は緊張からごくりと息を呑みこんだ。

お兄さんAが、歌うように呪文を唱えはじめる。皆、その場から一歩も動かずに支援魔法がかかるのを待った。熊将軍とお兄さんBは、塔の内部に鋭く目を走らせている。

やがて熊将軍とお兄さんBは、真剣な顔をお兄さんAに向ける。彼は、お姉さんに支援魔法をかけながら頷いた。それが合図となって、二人は駆け出す。

熊将軍は走りながら、敵に向かってスキルを放つ。そのスキルに呼ばれるように、敵が熊将軍に集まってきた。熊将軍は敵を引きつけたまま壁際まで進み、背中の盾を構えて防御態勢に入った。

そこに、お姉さんがすかさず魔法を打ちこんだ。連続して、何度も何度も雷を落とす。

支援魔法をかけてもらったお猫様も続く。モンスターたちは魔法攻撃を受けるたびに、ビビビと痺れて体を宙に浮かした。その瞬間、お猫様が矢を放って的確に敵を減らしていく。

モンスターが攻撃を放つほう――すなわちお姉さんやお猫様を向こうとすれば、熊将軍がスキルで再び注意を引きつける。

熊将軍の盾や鎧には、幾度も幾度も敵の攻撃が入った。

分厚い鎧に守られているとはいえ、衝撃や痛みはあるだろう。

しかし熊将軍の大きな甲羅盾は、しっかりと私たちを守ってくれた。

そんな熊将軍を一心に見つめて応援していた私の前に、ひゅんと敵が現れる。

慌てた私は、ひっと息を呑んだ。私とお兄さんAは入口から離れ、彼の支魔法援が皆に届くぐらいの場所へ移動している。

背後からの攻撃に備えて背を壁に預けてはいるが、決して安全とは言えない場所だ。

お猫様が敵に気づいたのか、こちらをチラリと見た。しかしすぐに視線を戻して、自分の仕事を再開する。

私は、お兄さんBから借りた武器に目を落とした。力をこめて柄を握った瞬間、私たちに襲いかかろうとしていた目の前の敵が固まる。

綺麗な太刀筋で斬られた体は二つに裂け、煙となって消えていった。

「ナーイス」

お兄さんAがにやりと笑う。

「支援、もらいにきた」

「あいよっと」

敵が消えた場所に立っていたのは、お兄さんBだった。いつも通りの無愛想な顔で、お兄さんAに支援魔法をねだる。お兄さんAは心得てますとばかりに、一つ二つ、呪文を唱えた。

武器を握ったまま呆然としている私を見て、お兄さんAとお兄さんBが言葉を詰まらせた。

二人の目は、私の手元を見ている。つられて私もそこを見ると、剣を握る手が小刻みに震えていた。関節が白くなるほど柄を強く握っていたことに気づいて、慌てて口を開く。

「これは、あれ、ちが、違うんです」

言葉は、案外するりと出てきた。心の底から恐怖を感じているわけではないと信じたい。今ほど襲いかかってきたのは、昨日、お兄さんBが身を挺してかばってくれた時のモンスターである。

お兄さんAが傍にいるから大丈夫だとわかっていても、体は瞬時に動かなかった。昨日の光景がぶわりと浮かんで、一歩も踏み出せなかった。

そんな私に気づいたのか、お兄さんBが私の頭を乱暴に撫でた。お兄さんAも、背中をぽんと叩いてくれる。

「行ってくる。ここは任せるぞ」

お兄さんBが、私を信頼してくれている。

お兄さんAが隣にいる私なら大丈夫だと、言ってくれた気がした。

「……ま、任せてくださいっ!!」

駆けていくお兄さんBの背中に、精一杯叫んだ。お兄さんBは振り返らない。それが信頼の証だと、私は気づいた。

「いけそう?」

「だ、大丈夫です!」

「よしよし、僕がいるからね。心配しない心配しない」

お兄さんAは熊将軍から決して目を逸らさずに、私の背中を撫でてくれた。

パソコン越しならわかる情報もまったく見えないこの世界では、皆から一瞬たりとも目を離せないのだろう。私はお兄さんAの期待に応えるために、大きな声で「はい！」と返事をした。

しばらくして、同じ敵がこちらに向かってきた。お猫様に支援魔法をかけていたお兄さんAが、指先だけを動かして私にも魔法をかけてくれた。

「よし、がんばれポチ！」

「は、はい！」

こんなに大きな敵と戦うのは、はじめてだ。私の腰ほどもあるモンスターを見て、ぎゅっと剣の柄を握りこむ。

いつも、小動物をいじめるような一方的な戦い方しかしたことがない。

私は、武器を持ったモンスターを相手にできるだろうか。

敵は、着ている鎧をカタカタと打ち鳴らしながらやってきた。

鋭い斧を持った、くるみ割り人形みたいなモンスターである。このモンスターは塔を守る衛兵なのかもしれない。

私は、それ以上考えるのをやめた。何か考えれば、きっと躊躇が生まれる。無心になってモンスターを見た。鎧の下は、木のような体だ。大丈夫、人じゃない。

私は握った剣を敵に向けた。その瞬間、頭の中でカチリとクリック音が響いた気がした。

自分の意思とは別のところで、体が勝手に動く。アリを上から刺していた時とは明らかに違う力で、くるみ割り人形を叩きつける。

あぁこれなのか、と私は頭の片隅で感じた。

魔法を使ったこともない、弓を持ったこともない人たちが、どうしてレベルにともなう強さで戦えるのだろうと、ずっと疑問に思っていた。

そして、それがようやくわかった。

きっと、私に足りなかったものは覚悟だったのだろう。

ゲーム感覚でアリを刺すのではなく、道中、助けられながら小動物を倒していくのでもなく。一人で真正面から敵に向かっていく、覚悟が足りなかった。

いざ決意して敵を睨めば、ゲームシステムが作動するのか、キャラクターの強さで目の前のモンスターと闘ってくれる。

何度か攻撃を受け、こちらも攻撃を与えた。痛みには眉をひそめたが、熊将軍に借りている防具のおかげか、思ったほどではない。何より、猛攻撃を食らっている熊将軍の姿を思い出せば、どんな痛みにも耐えられる気がした。

幾度か攻撃を繰り返していると、ついにくるみ割り人形が動かなくなった。カクンと膝をつき、そのまま煙となって消えていく。私は、はっはっと荒い息を吐き出した。

――倒した。

その事実は、私に深い喜びを与えた。

剣の柄を握っていた手から、ゆっくり力を抜く。力を入れすぎていたせいで手は赤くなり、ジンジンと痺(しび)れていた。

　バンッと背中に衝撃が走った。驚いて隣を見れば、お兄さんAがこちらを見て笑っていた。

「お疲れっ」

「お、お疲れ様ですっ！」

　慌てて頭を下げる。この言葉を、はじめて心の底から言えた気がした。

「見てたわよー、ポチ」

「ポチくん、よくがんばったね」

「鉄球は作んなくてよかったわけ？」

　お姉さん、熊将軍、お猫様も声をかけてくれる。

　気づけば、皆の戦闘(せんとう)も終わっていたらしい。大した疲労も見せていない皆が、こちらに駆け寄ってきた。私は嬉しくなって、笑顔で答える。

「ありがとうございます！」

　それからすぐに、皆は今の戦闘について報告し合う。

　お兄さんAは、特に細かく意見を聞きたがった。

　熊将軍は、自己回復の装備があるから回復の回数を減らしていいと言い、お姉さんは呪文を早く唱えられる魔法より魔法力の上がる支援が欲しいと伝える。

　皆それぞれ好きなスタイルがあるらしい。それを遠慮なく言い合える仲になったことに感動し、胸が熱くなった。

興奮からか汗をかいたので、かぶっていた兜を一旦外す。

首を数回横に振って深呼吸すると、心が洗われるようだった。

にこにこ皆を見つめていた時、ぐんと頭を押さえられた。そのまま、髪をぐしゃぐしゃと乱暴にかきまわされ、ポンポンと撫でられる。驚いて顔を上げれば、いつもは無愛想な顔をほんの少し緩めたお兄さんBがいた。

そろそろ脳味噌か何かが鼻から出ちゃうんじゃないかと思い、私は必死に鼻を押さえた。


その後、私たちは順調に階を上っていった。

二階、三階も難なく通過し、四階に到着する。そこで私は、お兄さんAのなんちゃって護衛の役目を終えた。

「これからは、敵が来たら一目散に逃げること。僕に任せてくれていいから」

「えっ、そんな……！」

「大丈夫、実は僕、このパーティーの中で二番目に体力多いから」

しれっとのたまったお兄さんAの言葉に、えっと目を見開いた。慌てて皆を振り向けば、そりゃそうだと言わんばかりの顔である。ちなみに一番体力があるのは、やっぱり熊将軍だろうか。

私は混乱しながら、お兄さんAに尋ねた。

「お、お兄さん、だって非戦闘員なんじゃ……」

「誰がそんなこと言ったの。パーティーのメンバー次第では、僕が盾を持って敵を引きつけておくこともあるんだよ」

えええええ何それ、えええええ！　と、塔に声が木霊するほど大声で叫んだ。けれどそれ以上に、お兄さんAの笑い声のほうが大きい。騒がしい私たちは、「静かにしろ」と二人そろって螺旋階段の踊り場で正座させられた。

――いざ四階に繰り出し、戦闘がはじまった。

お兄さんAは、敵にぼこすこ殴られても耐えた。非常に耐えた。悔しいが、先ほどの言葉は本当のことだったらしい。

私は護衛から警報器に転職した。そこかしこから湧いた敵がお兄さんAを狙った時に、お兄さんBかお猫様に助けを求める役割である。と言っても、動きまわるのは許されていない。そのため、お兄さんAの隣から大声で叫ぶのだ。

AIで動いているモンスターは、人間の声にはまったく反応しない。どれだけ大声を出したとしても、彼らは振り向きもしなかった。

これには、大いに助かった。戦闘中はどうしても音が届きにくいこの場で、敵にばれないほどの小声で助けを求めるのは難しい。だけど今は、どれだけ大きな声で叫んでもいいのだ。私は遠慮なく、お兄さんAが襲われるたびに大声で叫んだ。

「きゃぁあああ!!　痴漢ーー!!」

「やめてお兄さんが襲われるぅうーーー!!」

「貞操の危機よぉおおーーーー!!」

「お兄さんの童貞がぁあああーーー!!」

五回目ぐらいでお兄さんBに殴られた。

お兄さんAが笑いすぎて、使いものにならなくなったからだ。

それからは、普通に助けを求めることにした。

私は周囲を気にかけながら、戦闘中の皆を見やる。

目の前に広がるのは、非日常的で『魔法が盛りだくさん!』な戦闘風景。それは、私を非常に興奮させた。ドカドカと撃ちこまれていく隕石に炎の玉、氷の塊。強い風が巻き起こり、加速して繰り出される魔法の数々は、本当にファンタジーな世界の出来事だ。

敬虔さを連想させる聖者のお兄さんAも、派手さにかけては負けていなかった。

お兄さんAを中心に広がった円には、奇妙な紋様みたいなものがたくさん書き連ねられている。その円にそって淡い光がふよふよと浮かび上がり、頭上からはオーロラみたいな光のカーテンが垂れ下がっていた。光源があまりにも多すぎて、ちょっとばかし目がチカチカする。

そして階が上がるごとに、皆はどんどん連携が取れるようになった。

戦闘でのそれぞれの役割は、職業ごとに決まっているのだろう。

戦闘が終わるたびに報告をして互いの相性などについて話し合い、今は目配せ一つで意思を伝えることができるようになっていた。

陣形が崩れても、皆、瞬時に対応して持ち場に戻る。

分不相応なことはせず、頼れる場所は頼り、フォローできる時はフォローする。あらゆる条件の中で最大限の力を引き出せる彼らは、本当にこのゲームが得意なのだと実感した。

彼らのそんな動きを後ろから眺めているうちに、戦闘の流れにはパターンがあることに気づいた。

まずお兄さんAが、できるかぎりの補助魔法をかけて全員を強化する。そして消費した魔力を魔力回復剤で全回復。

熊将軍は先陣を切って敵の注意を集め、高い守備力と体力、ずば抜けた性能の防具で敵の攻撃に耐える。熊将軍の頑丈な盾と大きな背中は、皆に安心を与えた。彼の場合、聖騎士という職業も影響しているが、それ以上に装備が恐ろしいほど優秀らしい。この中で一番のリッチメンは、間違いなく熊将軍だと皆は口をそろえた。

熊将軍が一生懸命耐えている間に、モンスターへ攻撃をしかけるのはお姉さんとお猫様。二人の職業は攻撃に特化していて、ゲーム内でも高い攻撃力を誇るそうだ。二人の攻撃は、素人目から見ても凄まじかった。

敵に怯む隙を与えない、素早い矢での連続攻撃。敵に襲いかかる力を残させない、高火力の魔法攻撃。二人は、鬼のように敵に攻撃を当て続けた。

そんな二人の弱点は、常に魔力を使うこと。お姉さんの場合は、魔法の詠唱時間も必要だ。さらに守備に関していえば、私より打たれ弱いので、敵から離れた場所で攻撃しなければならない。

どうしても隙が生まれやすい二人を攻撃に専念させ、敵を引きつける熊将軍のフォローまでするオールラウンダーがお兄さんBだった。

皆はこの流れを、当たり前のように理解していた。任せるところは任せるし、引き受けるところは引き受ける。

その関係性がすごく尊くて、私は戦う皆の後ろ姿を懸命に見つめる。

皆の手助けができないことが、本当に悔しかった。

後ろ姿を見守ることしかできない自分が歯がゆかった。

もし次があるのなら、もう少し強くなって、私も一緒に肩を並べて闘いたい。私もこの手で、大事な皆を守りたかった。

あぁそうか。皆、私に対してこんな気持ちを抱えてくれていたのだ。

それに気づいた時、私を現実に引き戻す声が聞こえた。

「ポチ！」

「はいっ一、二、三、四、五——」

私は私の仕事をしなければ。

意識を切り替えて、数をかぞえはじめた。

私がなんちゃって護衛を引退した後にもらった新しい役割は、警報器兼ストップウォッチだった。

なんにもすることがないのもかわいそうだから、と同情で与えられたお役目だが、少しは役に立っている気がする。三十秒に一回、守備力強化の魔法をかけてほしいという熊将軍のために、数をかぞえているのだ。

「——二十九、三十！」

「〝守備力増加〟！」

「一、二、三──」


できることは少ないけれど、丁寧に、一つずつこなしていきたい。

私は熊将軍のために、時計の秒針役に徹した。


五階、六階と敵を倒していく。

どんどん階を駆け上った。螺旋階段の脇にある窓から覗く空は、いつの間にか茜色に染まっている。皆、足を止めてその景色に見入った。

なんと、美しいことか。

心の声が、一度休憩しようと叫ぶ。

しかし、今さら下には戻れない。戻るには、また同じ敵を倒さなくちゃいけない。一定時間が経過すると、モンスターは復活するのだ。

夕日は前に進む道しか、照らしていなかった。

地平線に沈む夕日を、皆、無言で見つめる。首都を出る時に見たのは日の出だった。太陽は今、はるか彼方の地面に吸いこまれていっている。

帰らなきゃ。

唐突に、そう思った。

ここは私の生きる世界じゃない。ここには、私の帰りを待ってる人はいない。

静かに夕日を見つめている皆を振り返った。

皆、感傷的な顔をしていたが、私の顔を見て無理やり笑う。私も笑った。笑っていなければ、モンスターではない何かに、負けてしまいそうだった。


七階は強靭（きょうじん）なドラゴンの群れ、八階は凄惨（せいさん）な悪魔の群集、九階は凶悪（きょうあく）な天使の一団。

階が上がるにつれて、敵はどんどん強くなっていった。

私がどれだけ逃げたり隠れたりしても、見つけて攻撃してくる敵もいたし、魔法で一気に攻撃してくる敵もいた。


そして上りつめたてっぺん――十階。

「これはまた……なかなかだ」

「い－い趣味してるわねぇ、運営」

お兄さんAとお姉さんの言葉に、お猫様が続ける。

「得手も不得手も知り尽くした相手だろ、ってわけ？」

「う－ん、防具の性能までそのままかな？　仇（あだ）となったなぁ」

「……やりにくいな」

熊将軍とお兄さんBも、苦笑した。

――最後の敵はなんと、六人の冒険者たちだった。

彼らは見たことのある姿をしている。

それも、そのはず。

半透明の私たちが、最後の敵だったのだ。

最後が人間だなんて、一番ボスっぽいと思った。巨大なロボットが登場するより、展開としては王道な気がする。

回復アイテムはほぼ半分以上使っていた。しかし、今までの流れでいえば足りない量ではないし、きっと勝てない相手でもない。

お兄さんAがいつも通り、支援魔法のフルコースをかける。

その後、熊将軍が敵を集めに向かった。皆、遅れないようにそれに続く。慣れた手筈で的確に敵を沈めるつもりだった最終決戦は——皆の想定通りにはいかなかった。

「……沈まないわね」

遠くからでも攻撃できるお姉さんが、お兄さんAと私のいる場所まで下がってきて囁いた。

「うーん、確かに。いくら『僕』を集中的に狙っているとはいえ——『ポチ』が流れ弾で沈まないのはおかしい」

お兄さんAは私が隣にいるのを忘れているのか、そんな言葉を口にした。バッと見上げても、お兄さんAとお姉さんは前を向いて会話を続けている。私はしゅんとして、再び数をかぞえはじめた。

作戦として、まず『お兄さんAの偽物』から倒すことになっていた。

敵となっても回復魔法が得意な『お兄さんAの偽者』は、自己回復はもちろん、味方の体力が減っていたら、それも片っ端から回復させていく。

精神力切れを待つという意見も出たが、お兄さんAいわく「装備のおかげで、ちょっとやそっとじゃ切れないと思う」とのこと。そのため、最優先でフルボッコにすることを決めたのだ。

仲間とまったく同じ姿をしたモンスターを倒すのは、ひどく心を抉られるだろうと心配だった。

しかし皆、日頃の鬱憤が溜まっていたのか、結構、容赦なく攻撃している。すごく安心した。

お兄さんAは、パーティー内で二番目に体力が多い。それに加えて回復スキルがあるため、当然、なかなか倒れなかった。

「体力や精神力も、現実の僕らより強く設定されているっぽいなぁ」とお兄さんAが呟いた。

数値的に、二倍か三倍か――しかし、倒せない相手ではない。

皆、そう励まし合っていたが、最弱のはずの『ポチの偽物』さえ沈まない状況に、さすがに焦りが見えはじめた。

「ポチッ！」

考えこんでいた私に、怒号が響く。驚いて前を見ると、『お姉さんの偽物』がこちらに向かって魔法を撃ってきた。どうやら、範囲攻撃をしかけてくるらしい。え、と避ける間もなく、頭の上にあった雷雲が弾けた。

「危ないッ!!」

声がした瞬間、私は地面に押し倒された。ぎゅっと、まるで守られるように抱きしめられる。

見開いた目に、降り注ぐ雷が映った。あまりの恐怖に、目を閉じることさえできない。

やがて雷がやむと、石造りの天井が目に入る。そして私の体の上には、甘くて柔らかい肢体があった。

「――大丈夫か？」

お姉さんのフードが外れ、桃色の髪がふわりと宙を舞う。

私の上に覆いかぶさったお姉さんは、真剣な顔つきで私を覗きこんでいた。その真面目な表情に、私は息を呑む。

「二人とも無事!?」

お兄さんAが『お姉さんの偽物』の猛攻撃を防ぎながら叫んだ。

「私は大丈夫よ、ほらポチッ、呆けない！」

お兄さんBも勢いよく『お姉さんの偽物』を攻撃しているが、なかなか注意を逸らせない。

「ごめん、会話に夢中になって、攻撃対象を間違えたせいね。自分を攻撃してたわ」

「本人が攻撃した場合、敵の攻撃パターンが変わるのかもね」

お姉さんとお兄さんAは、『お姉さんの偽者』について話し合っている。

「そうね、もうちょい対策練って――」

私は、お姉さんの言葉が途中で聞こえなくなっていた。

塔に入る前、衣装を着替えたはずのお姉さんの御御足が丸見えになっていたのだ。さらに彼女のスカートは焼け焦げて、スリットのようなものが入っている。ボロボロになったスカートから覗く足は、真っ赤に染まっていた。

ブチン、と頭の中で何かが切れた。

「何よ、偽物の、くせにーーーーーーーー!!」

私の突然の怒号に、お兄さんAとお姉さんの体がビクリと跳ねた。

お姉さんに……女性に、乱暴を働くなんて！

私はとにかく憤っていた。

いくら『お姉さんの偽者』でも、お姉さんに傷をつけるなんて許せなかった。

私は頭にかぶっていた借り物の兜を脱ぐ。そして四次元革袋から布のズボンを取り出すと、隙間に通してしっかりと結ぶ。布のズボンは、お兄さんBの止血にも使用したため、かなりボロボロになっていた。

私はぐっと手に力を入れて、お兄さんBが攻撃している『お姉さんの偽物』を睨みつける。

「ポ、ポチ？」

お兄さんAは支援魔法をかけ続けながらも、私のほうをびっくりしたように見た。どれほど驚いていても支援はしっかり続けているのだから、立派だと思う。

私は再び手に入れた即席鉄球をぐるんぐるん回しながら、お姉さんとお兄さんAから離れた。

ぐるんぐるん、ぐるんぐるん。

ハンマー投げのオリンピック選手みたいに、遠心力で兜を回す。

「お姉さんに、死んで償えーーーーー!!」

怒りのままに、手を離した。私から離れた兜は弧を描き、スコーンと的に当たった。

「あ」

目標物とは違う相手に当たり、私は顔を引きつらせた。サーーッと怒りが冷めていく。そして一瞬のうちに、血の気が引いた。

そう、私の放った兜は、『お姉さんの偽物』の傍で闘っていたお兄さんBに見事直撃したのだ。

「……——ポチ」

「わん！　わん!!」

「あははははは、あは、あはははは!!　あはははははははははは!!」

「ぷっ……ちょ、やめてよ……！　呪文唱えられな……」

「あんたら、遊んでないでちゃんとやれよ!!」

「何!?　何があったの!?」

それぞれ誰の台詞かわかっていただけるだろうか。

私にはわからない。私は今、全力で犬である。その証拠といわんばかりに、わんわん！　と大声で返事をした。

ワタシ、イマ、ニホンゴ、ワカリマセン！

そんな私の隣で、お兄さんAが今にも死にそうになりながら、必死に支援を続けている。たった三秒で唱えられていた呪文に十秒ほどかかっているのは、きっと気のせいに違いない。

一方、お兄さんAの隣にいたお姉さんは、信じられないとばかりに呟いた。

「あれ——ポチが倒れてる」

「え！　私、起きてますよ！」

「あんたじゃないわよ。モンスターのほう」

その声を聞き、ようやく笑いのおさまったお兄さんAも視線を『ポチの偽物』に移す。

ポチは、車に敷かれたカエルみたいなポーズをして地面に倒れこんでいた。頭には、私が投げた兜がのっかっている。

「本当だ……あ」

「あ」

「あああ！」

お兄さんA、お姉さん、私は叫んだ。

兜を頭にのせたまま、『ポチ』は煙になって消えていく。今まで何をしても、決して死ななかったのに。

「え、何、ちょっと急にポチが死んだんだけど！　あんたら何やったの!?」

お猫様が、消えていくポチを見て焦っている。

その時、お兄さんAが突然叫んだ。

「わかった！　偽物は、本人にしか倒せないのかもしれない！」

「どういうことだよ！」

お猫様の問いかけに、お兄さんAが大声で返した。

「今ポチが投げた兜が、ぶふっ、一度違う人間に当たったとはいえ、偽物にダメージを与えたんだと思う！　今までの攻撃で体力が削られていたから、ポチが投げた兜ぐらいの、ぷぷっ、へなちょこな攻撃でもとどめになったんじゃないかな！」

「今までこれだけ苦労して倒せなかったのに、投げた兜で死亡だぁ？　んな攻略法、あってたまるか！」

お兄さんBが珍しく憤った声を出した。

「しょうがないでしょーよ！　兜は偶然だけど、本人じゃないとっていうのはありうる話だ！　とりあえず、今から攻撃魔法唱えるけど、スキルレベル上げてないから詠唱にちょっと時間かかると思う！　回復魔法かけられないから、踏ん張ってね！」

お兄さんAはそう叫ぶと、意識を集中するようにして呪文を唱えはじめる。

さっきまで傍にいたお姉さんはすでに移動し、杖を掲げて闘っている。どうやら『お兄さんAの偽物』に向かって、弱体化の呪いを次々とかけているらしい。

私は、何かできることがないだろうかと四次元革袋を探った。

しかし、私が持っているものといえば、皆から預かった回復剤ばかりだ。何も役には立てないかもしれないと溜息を吐いた時、腰がすごく軽くなったのを感じた。

「お、やっぱり持てる。ポチ、借りるよ」

にやーと薄ら笑いを浮かべたお兄さんAは、私が腰に下げていた剣を手に持っていた。

え、ちょっと……と声を出す間もなく、お兄さんAは駆け出す。そして大きな声でお兄さんBに向かって叫びながら、偽物の自分に向かって突っこんでいった。

「フォローお願いね！」

「な、おま、何してッ」

ザシュッという肉を切り裂く音がした。

『お兄さんAの偽物』が魔法を唱えようとしたのを、お兄さんBが反射的に止めたのだ——二本の刀を刺して。

「ナーイス！」

お兄さんAはそう言って笑った。そして二本の刀に串刺しにされた自分の偽物を、私から奪った剣で思いっきり叩き切った。

『お兄さんAの偽物』は膝をついて倒れる。念のためか、お兄さんAは何度か自分の偽物を刺した。そのあまりにも非道な光景に、私は思わず顔を背ける。気づけば、皆ドン引きの表情で、それを見ていた。

ついに『お兄さんAの偽物』が煙になって消えた。それを見て、お兄さんAはふぅと息をこぼす。

「いやぁ、運営も非道なもの作るよね」

どっちがだ、という全員の突っこみが聞こえた気がした。自分の返り血を浴びたお兄さんAの笑顔が、そんじょそこらのホラー映画なんかより、よっぽど怖かったからである。

『お兄さんAの偽物』を倒してからは、早かった。

高火力だが体力の少ない半透明の『お姉さんの偽物』を沈ませ、同じ条件の『お猫様の偽物』も倒し、総合的になんでもできるが決定打に欠ける『お兄さんBの偽物』を苦戦しつつもやっつけた。

私はというと、再び数をかぞえている。返してもらった剣を、もう二度とお兄さんAに渡すものかとしっかり握りしめながら。一方、お兄さんAはやはり歌うように支援魔法を唱えている。

最後に残った『熊将軍の偽物』には、本当に手こずった。

あらゆる攻撃をスキルで反射し、自己回復し、少しの攻撃ならほぼ無力化するほど高い守備力を誇る『熊将軍の偽物』に、私たちは全力で挑み、なんとか沈めた。

こうして、最後の闘(たたか)いが終わった。

力を出し尽くした皆は、『熊将軍の偽物』が煙になって消えると、その場にへたりこんだ。

体力と精神力の限界だったのだろう。

皆、今にも死にそうな目をして、天井をぼんやりと見つめている。

すると、今まで皆が死闘(しとう)を繰り広げていた空間に光が集まってきて、大きな光の環(わ)が出現した。

お兄さんAやお姉さんが出してくれる、移動ができる輪っかに似ている。

私は四次元革袋から回復剤を取り出すと、全員に配ってまわった。

「お疲れ様でした！」

「おつー」

「おつかれー」

「乙」

「おっつかれー……」

「お疲れ様」

お兄さんA、お姉さん、お兄さんB、お猫様、熊将軍。皆、声に覇気(はき)はなかったが、満足げな笑みを浮かべていた。その顔を見て、体中に喜びが広がる。

「本当に、ありがとうございました！」

大きな声でお礼を言って、頭を下げる。そんな私に皆が笑った。

「ん。もっと感謝して、敬ってね」

お兄さんAはにこにこと言う。

「別に、あんたのためだけじゃないし」

「まぁた可愛げのないこと言って。照れ屋ねぇ」

お猫様の言葉に、お姉さんがころころと笑う。

皆、返り血だらけで、まるで殺人鬼集団みたいだった。死体は時間が経てば消えるが、血は消えないらしい。そんな皆の姿もまたおかしくて、私も笑う。

「しっかし、ポチの弱さにはおみそれしたねぇ。リバウンドした兜がぶつかっただけで死ぬって……」

「あれはっ！　それまでに、皆さんが随分と体力を削っていたからで！」

思い出し笑いで床に突っ伏したお兄さんAに、慌てて反論する。

そんな私たちを微笑ましそうに見ていた熊将軍が、ふと真顔になる。

「どうしました？」

「……いや、そういえば聖者も剣を持てたんだな……と思ってね……」

熊将軍がそう言った瞬間、和やかだった場がしんと静まった。

「あっはっはっは！　やってみるもんだねー」

お兄さんAの爽やかな笑顔に、皆、顔を引きつらせている。

一人だけ理解できていない私のために、お兄さんAが説明してくれた。

なんでも職業によって、持てる武器と持てない武器があるらしい。聖者は神に仕える職業。ゲームでは、刃物はもちろん装備不可能なのだそうだ。

しかしお兄さんAは、ゲームシステムの概念を無視した行動をしまくる私を見て閃いたという。

長々と攻撃呪文唱えるより、武器のほうが早くね？　と。

そして、彼の予想は当たった。持てたし、斬れたし、倒せた。

その話を聞いて、私はブルリと身を震わせた。

お兄さんAは、にっこり笑って続ける。

「ポチも、レベル制限にかかわらず装備ができたしね」

「もっと早くに気づける要素は、あったたってことね。先入観って怖いわ……」

お姉さんが首を振りながら、私の装備を見つめる。すると、お猫様も首を振って言った。

「確かに。これより強い装備なんて、なかなかないし。ポンと貸した時には驚いた」

「ははは、私の一張羅だからね。ポチくんを守れてよかった」

笑いながら事もなげに言った熊将軍に、私は目を剥いた。

「え!?　これ、もう使わなくなったお下がりじゃないんですか!?」

「おっと」

熊将軍は、それ以上問い詰めても、決して口を割ってくれなかった。彼は、普段自分が使っている性能がいい防具を、息を吹きかけたら飛んでいきそうなほど弱い私に貸してくれたのだ。

わんわん泣いてお礼と謝罪を繰り返す私の頭を、熊将軍が困った顔をしながら撫でる。

「ほーら、とりあえず。せっかく転環が出てるんだから消えないうちに入るよ」

お兄さんAの言葉に、お猫様が同意した。

「とっとと帰ってシャワー浴びたい」

「これで帰れるかはわからんけどな」

そう言ったのは、お兄さんBだ。

「そうそう。ずっと悩んでたんだけど」

熊将軍は朗らかな顔で口を開いた。

私はずびび、と鼻水をすすって彼を見上げる。

「この塔をクリアすれば、実装前の『転生』システムを利用できる。でも転生って、カンストしてるキャラが対象だろう――レベル99未満の人は帰れなかったりして？」

あまりにも突然すぎる『帰れないかも』宣言に、目を見開いた。

「黙ってたわけ!? 自分が対象内だから――！」

「ラスボスは味方、ありそー」

「さっきも、ある意味でラスボスだったしね……」

憤ったお猫様の横で、お兄さんAとお姉さんがこそこそ盛り上がる。

「黙ってたのは、謝るよ。だけど目標に向かって一丸となっている中、適当に横槍を入れたくなかったんだ」

「万が一これで帰れなかった場合、俺たちは転生して、レベルが一になる可能性だってある。そうすれば、俺たちはポチ以上のお荷物だ」

熊将軍をフォローするように、同じくカンスト組のお兄さんBが言った。私以上のお荷物って。こんな場面なのに、少し笑ってしまった。

転生について詳しく知らない私は、少しばかり話がわからなかった。とりあえず、ハイリスクハイリターンな状況に居合わせていることだけはわかる。

「にしたって、今さらだろ！」

「そう。ごめんね」

「もし俺たちだけが先に帰ってしまったら、外から皆を助け出せるよう全力を尽くす。信じてくれ」

「そんなこと、言ったって……」

猫耳をピンと立てるお猫様に、熊将軍とお兄さんBが言葉を尽くす。

なんだか話が難しくなってきた。この塔を上ってボスを倒せば、それで終わりだったんじゃないのか？

私は、はてなマークで頭が埋まる前に、笑顔でパンッと両手を叩いた。

「よしっ！　とりあえず！　輪っかに入りましょう！」

「はっ!?」

私の言葉に、お猫様が目を丸くする。しかし、お姉さんとお兄さんBは賛同してくれた。

「そうそう。もうここまで来ちゃったんだし」

「今から皆のレベルをカンストさせるなんて、現実的じゃなさすぎるしね。特にそこの犬」

「そうですそうです。ここまで来ちゃったんですし、入ってからダメだったら、また考えましょーよ」

度重なる連戦で、疲れ切っているのだろう。しゃがみこんでいるお猫様の腕を引っ張って、無理やり立たせた。お猫様は、私が手を掴んでも振りほどかない。確かな関係を築けたな、と私は思った。

「その時は、この二人がいないかもしれないいんだよ!?」

「いない時はいない時で、また考えましょう。大丈夫、大丈夫」

さっ！　入りましょう！

私の声に、皆頷いてくれた。

光の輪の前、全員で一列に並んで、隣に立つ人の手を握る。

私の隣には、お兄さんAとお兄さんBがいた。

ふと、最初にこの二人に助けられた時のことを思い出す。あの時は、本当に安心した。そして今も、とても安心している。二人と繋いだ手の先には、お姉さん、お猫様、熊将軍の姿。

私は、いろんな気持ちがこみ上げてきて、だけどそれを言葉にするのはなんだか野暮な気がして、握っている手に力をこめた。

ありがとう、ごめんなさい、たよりになりました、かっこよかったです、だいすきです。

二人は目の前の光る環(わ)を見据えたまま、私の手を強く握り返してくれた。

「いっきますよ！　いっちにっの……」

さーん！　は皆で言う。

高くジャンプして、私たちは光の環をくぐった。

第六章　新たな七歩目

「かえって、きた」

ゆっくりと瞼を開けた私の目の前には、パソコンが鎮座している。

いつもパソコンを使う時と同じように、私は椅子に座り、マウスに手を置いていた。

その姿勢のまま、パチパチと目を瞬かせる。

一口しか食べていなかったしょうが焼き弁当は、まだあたたかかった。

入居した時から何一つ変わっていない、白いクロスの壁に黄色のカーテン。お腹に抱えていたベージュのクッションは、夏のボーナスが出た時につい勢いで買ってしまったものだ。触り慣れたクッションを無意識に撫でながら、私は少しの間、呆然としていた。

窓の外には、いつもと同じ夜の姿が広がっている。カーテンの隙間から見慣れたネオンの明かりがこぼれ、近くの線路を走る電車の音が響く。ガタンゴトン、ガタンゴトン。飲んだ帰りなのか、人々の陽気な話し声まで聞こえてきて、私はハッと我に返った。

側に置いてあった携帯の電源を慌ててつける。

日付は、ゲームをはじめた日と同じ。遊びはじめた正確な時間までは覚えていないけれど、ほとんどずれていないだろう。

「……あってた。あってたよ、皆！　帰ってこられたよー‼」

賃貸マンションの三階ではあるが、私はぴょんぴょん飛び跳ねて大声で喜んだ。

隣や階下の住人さん、どうか、どうか今日だけはご勘弁願いたい。これほど嬉しい日に飛び跳ねず、いつ飛び跳ねろというのか。

お兄さんBにこの姿を見られたら、即座に冷たい目を向けられそうだ。

飛び跳ねながら、そんなことを考えていたのがいけなかった。

注意力散漫だった私は、部屋の隅に置いたベッドに足の小指をぶつけてしまった。あまりの痛さに、喜びも忘れてうずくまる。

ふと思い当たり、体中を触ってみた。

ふにふにといらない脂肪のつきまくった、二十四年間付き合ってきた自分の体だ。

女性の体が少し久しぶりで、なんだか妙な気がする。

「あ。やっぱり、毛玉様がない」

あれだけしっかりと持っていたのに、持って帰ってくることはできなかったようだ。

ふわふわほわほわの毛玉様の触り心地を思い出し、一人しょげた。

あの毛玉は、私にとってすごく大切だったのだ。自信の形というか、拠り所というか……ある意味、大切な大切な相棒みたいな存在だった。

けれど――と目を閉じる。

毛玉様を探してもしょうがない。現実世界に戻るための代償として、あちらの世界に残してきたのだと自分を納得させた。

私は、一つ息を吐き出した。

その時、ふと思った。毛玉様は、まるで最初から存在してなかったように、欠片一つ残っていない。それはそもそも、最初から〝あの世界〟がなかったってことなのでは？

「あれええ、もしかして、あれって夢だった……？　ゲームが楽しみすぎて、私、壮大な夢を見ちゃった⁇」

口にしたら、なんだかそれが事実な気がして、すごく気が滅入った。

あんなに大がかりな夢を見るほど楽しみにしていたのだろうか。

私は、また一つ溜息をこぼす。

ゲームにログインして皆と連絡を取れば、現実だと確信を得られるかもしれない。しかし、そもそも皆との連絡手段がなかった。あるのかもしれないが、ゲーム初心者の自分にはその方法すらわからない。

こちらの世界に戻ってくる前に確認しておけばよかったと、手際の悪い自分に腹が立つ。

今頃きっと、皆も同じことを思っているに違いない。

いや、だけど、皆に限ってそんなことがあるだろうか？　ゲームにあれだけ慣れていたのだ、連絡方法くらい確認し合っていてもおかしくない。

もしかして、私のことは帰ってまで知らんがなって思われたの？

それともそれとも、やっぱりあれは夢だった⁇

考え出せばきりがない。なんだか、とっても疲れた。

帰ってきたら一番に両親へ電話しようと思っていたが、もう明日でいいや。

明日の仕事はどうしよう——と、社会人失格な怠け根性が一瞬だけ顔を出したが、通勤しなければ〝愛しの君〟には会えない。邪な理由から、出社を決意した。

そう、私は彼に会うために帰ってきたのだ。

あれ、でもゲームは夢の話なんだっけ？

もう、何がなんだかわからない。ただ、ゲーム世界での出来事が現実だったにせよ、夢だったにせよ——私は自己満足のために、そして皆との約束のために、〝愛しの君〟に会わなければいけない。

どっと疲れて、睡魔が襲ってきた。

私は、食べかけのまま放置されていたしょうが焼き弁当を冷蔵庫に入れると、這うようにしてベッドに倒れこんだ。布団を捲って潜りこみ、すぐに眠りに落ちていった。

久しぶりの布団は、私をどこまでも優しく包みこんでくれた。


朝、いつものアラームの音で目が覚めた。

麗かな朝日の中、布団の温もりに癒されつつ寝返りを打った時、その柔らかな寝心地に驚いた。

そうか、もう硬い地面の上で寝起きしなくていいんだ——そう思った瞬間、私は飛び起きる。

あ。やっぱりあれ、夢じゃなかったんだ。

妙な確信を得た。私程度の脳みその軽さじゃ、あれだけ鮮明な夢を見るのは無理だ。

そうなると、何よりの心残りが一つ――

「あああん!!　射精してみたかったーー!!」

女性の体を持つ私には、到底不可能な射精。こんなことなら、誰もいないところでこっそり試してみればよかったと後悔した。

しかし、私はもう二度とポチにはなれない。

布団を撥ねのけて、ガバリと起き上がる。馬鹿みたいなことを真剣に考えてしまった自分に少し呆れたが、おかげで目は随分と覚めてきた。

ふと、現実世界の私はここまでひどくなかったはずだと首を傾げる。今までの私なら、「射精してみたい」などと叫ぶことはなかった。

ゲームの世界に捨ててきたはずのポチの思考が、現在、私の頭に混在している気がした。しかしそれは、年頃の乙女として褒められた思考回路ではない。

がっくり肩を落としながら、ベッドから降りた。

昨日のしょうが焼き弁当の残りを食べた後、クローゼットを開いて服を選ぶ。こんな何気ないいつもの行動ですら、少しだけ懐かしい。私はテレビを見ながら、化粧を念入りに施した。

秋らしいテラコッタカラーのミモレ丈スカートに、ボルドーのリボンブラウス。肩が綺麗に見える厚手のカーディガンに、スウェードのコーン・ヒール。

年齢層の高い職場でも浮かない程度に明るく染めた髪は、編(あ)みこんで後ろにまとめた。いつもより少しだけ小綺麗な格好をして、気合いを入れた私。

皆があんなにがんばって私を帰してくれたんだから、私も全力でぶつからねばならない。

部屋を出て玄関の鍵を締めると、私は駅まで足早に歩いた。

そしていつもの車両に乗りこみ、電車に揺られる。

あの日に玉砕(ぎょくさい)してから、〝愛しの君〟とは違う車両に乗っていた。久々に乗ったこの車両に、緊張から手に汗をかいてしまう。

皆は褒めてくれるかなぁ。

むふふ、と顔がにやけた。しかしここはゲームの世界ではなく、通勤電車の中だと気づく。まわりの人の視線が気になり、慌てて顔を引きしめた。

やがて、〝愛しの君〟が乗車した。いつもと同じ場所に立って吊り革に掴まる。久しぶりに見た彼は、相変わらず美しい。

しかし〝愛しの君〟を見た瞬間、ふと思い出したのは、一年間の甘酸っぱい片想いの記憶ではなかった。無愛想だけど優しくて、頼りになる――あの人の背中を思い出してしまったのだ。

伸ばした背筋、眠そうに寄せられた眉、吊り革を持つ骨ばった手、伏せられた睫毛(まつげ)の下で輝いている濡(ぬ)れた瞳。すべて、昨日、塔で別れたお兄さんBを連想させた。

頭を撫(な)でてくれたお兄さんBの手を思い出し、私は自分を叱咤(しった)する。

しっかり！

今日からは、ゲームの中のポチじゃないんだから。

気づけば本能のままに行動しそうになる自分を、なんとか抑える。

ゲーム世界にいる間に緩みきった頭と心と顔を、どうにかしなければならない。

心の中で葛藤(かっとう)していると、いつの間にか〝愛しの君〟の降りる駅に近づいていた。私の心臓は、ものすごいスピードで脈打ちはじめた。

今回は、前のように勢いだけの突発的な告白じゃない。

よせばいいのに調子に乗って人前で高らかに宣言し、何日も前から何度も彼への想いを再確認し、覚悟を決めてきたのだ。

最後に、本当に最後に。

もう一度だけ、自分の想いを伝えるために告白するのだ。この恋を、自分で終わらせるために。

前とは、言葉の重みが違う。

〝愛しの君〟の降りる駅を告げる、車内アナウンスが響いた。通勤時間のため、車内は人でごった返している。人の波をすりぬけて、私も出口へ向かった。

〝愛しの君〟の姿なら、どこにいたってすぐにわかった。

彼はすでに出口にスタンバイしている。私は気づかれないように、そっとその後ろに並んだ。

彼の背中に、不思議と安心感を抱く。気を抜けば抱きついてしまいそうな衝動をぐっと堪(こら)えた。

それは、今までにない感覚だった。

アナウンスが聞こえ、プシュウという音と一緒に扉が開く。

〝愛しの君〟は素早く電車から降りた。その後ろ姿を、慌てて追いかける。

ゲーム世界にいる時、『彼』はいつも私の前を歩いていた。皆が迷わないように、皆が敵に襲われないように、自分とどれくらい距離を取って歩けば安全かを教えるように。まっすぐ前を見つめて、前を歩いていた。その後ろ姿を思い出してしまった。

「待ってください！　あの、すみません！」

〝愛しの君〟のスーツの裾を少しだけ掴んで、注意を引いた。

「……——私でしょうか？」

振り返った彼はやはり美しく、私の好みど真ん中ストライクのご尊顔をなさっている。

眼福だ、と手を合わせて拝みたくなった。

しかし、いつも通りの美しい顔なのに、記憶にある表情より不機嫌そうなのが気になった。

心なしか、この一年間見続けてきた毎日の面持ちよりも、幾分か眠そうに見える。目の下にできた薄い隈が、寝不足を如実に物語っていた。

そんな表情をした彼は、見たことがなかった。それとも、私が違う車両で通っていた間に疲労困憊していったのだろうか。

よっぽどお仕事が忙しかったとか。それとも心労？

思わずストーカーのようなことを考えてしまい、私は慌てて首を横に振る。

〝愛しの君〟は、怪訝そうな顔でこちらを見ていた。

彼はおそらく、私が以前告白をした人物だと気づいていない。告白した後に同じ車両に居合わせても、彼は私を避けようとしなかったし、私を見て驚くこともなかったからだ。

彼にとって、私はその他大勢の人間の一人なのだ。

わかってはいたけど、私は彼にとって取るに足らない存在なのだと思い知らされるのは苦しかった。

「ずっと貴方が好きでした。よければお付き合いしてください」

早鐘を打つ胸に手をあてて、彼の顔を見つめながら一息で言いきった。

「無理」

間髪いれずに返ってきた、以前と寸分変わらない言葉。

私は、どこか安心した。

彼はやっぱり〝愛しの君〟だった。

何も変わってない。私の好きな人は、そのまま、ここにいてくれる。現実に、存在してくれている。そのことに、言い知れないほどの安堵を感じて、私はにっこり微笑んだ。

「ですよね！　どうもありがとうございます。それではお互いがんばりましょうね。よい一日を！」

私の突然の笑顔に、〝愛しの君〟は目を見開いて呆然としている。

私は、頭を下げてその場を立ち去った。

コツコツコツとホームを歩きながら、にじむ涙をハンカチで押さえた。急がなければ、会社に遅刻してしまう。

お気に入りばかりを身にまとって気合いを入れた自分が駅の鏡に映り、その道化のような姿に泣き笑いを浮かべた。

――あんなに、あんなに辛かったはずの彼の拒絶の言葉を、笑顔で聞けるようになってしまうなんて。強くなったな、ポチめ。

二回目だったからだとは、どうしても思えなかった。

あの夢のような五日間で、私が知らず知らずのうちに成長したのだと信じたい。

お兄さんA、お兄さんB、お姉さん、お猫様、熊将軍。

皆の顔を順番に思い出す。

今日のことを報告したら、全員きっと笑顔をくれる。それぞれの言葉や仕草で私のことを受け入れて、褒めてくれる。なぜか、そう確信できた。

皆、終わったよ。終わらせた。私、これできっと前に進めるよね。

先を急ぐ人たちは、私に気づかずぐんぐんと過ぎ去っていく。

数回瞬きをして、涙を堪える。

頭に、そっと自分で触れてみた。いつも彼がポンポンと叩いてくれた感触を思い出しながら、自ら叩いてみる。ふふ、と笑みがこぼれた。

ホームから見える街路樹は、綺麗な黄色に染まっていた。私の行く道を明るく照らす、希望の色だ。最初に失恋したあの時とは、何もかもが違って見える。輝く世界に、私は大きく息を吸って微笑んだ。

――ポチ、行きます！

大学時代から近所のコンビニで働き続ける、23歳の藤森奏楽（ソラ）。今日も元気にお仕事――のはずが、何と異世界の店舗に異動になってしまった!　元のコンビニに戻りたいと店長に訴えるが、勤務形態が変わらないのに時給が高くなると知り、奏楽はとりあえず働き続けることに。そんなコンビニにやって来る客は、王子や姫、騎士など、ファンタジーの王道キャラたちばかり。次第に彼らと仲良くなっていくが、勇者がやって来たことで、状況が変わり……

◉定価：本体1200円+税　◉ ISBN978-4-434-20199-8　◉illustration：chimaki

漆黒鴉学園 ①〜③

JET-BLACK CROW HIGH SCHOOL

望月べに
Beni Mochizuki

いくらイケメンでも、モンスターとの恋愛フラグは、お断りです！

高校の入学式、音恋は突然、自分がとある乙女ゲームの世界に脇役として生まれ変わっていることに気が付いてしまった。『漆黒鴉学園』を舞台に禁断の恋を描いた乙女ゲーム……
何が禁断かというと、ゲームヒロインの攻略相手がモンスターなのである。とはいえ、脇役には禁断の恋もモンスターも関係ない。リアルゲームは舞台の隅から傍観し、今まで通り平穏な学園生活を送るはずが……何故か脇役(じぶん)の周りで記憶にないイベントが続出し、まさかの恋愛フラグに発展？

各定価：本体1200円+税　illustration:U子王子(1巻)／はたけみち(2・3巻)

Tenseishichattayo!

転生しちゃったよ

いや、ごめん

ヘッドホン侍
Headphonesamurai

第7回
アルファポリス
ファンタジー小説大賞
特別賞受賞作!

0歳からのチート生活、開幕!

天才少年の魔法無双ファンタジー!

テンプレ通りの神様のミスで命を落とした高校生の翔は、名門貴族の長男ウィリアムス=ベリルに転生する。ハイハイで書庫に忍び込み、この世界に魔法があることを知ったウィリアムス。早速魔法を使ってみると、彼は魔力膨大・全属性使用可能のチートだった!　そんなウィリアムスがいつも通り書庫で過ごしていたある日、怪しい影が屋敷に侵入してきた。頼りになる大人達はみんな留守。ウィリアムスはこのピンチをどう切り抜けるのか!?

定価：本体1200円+税　ISBN：978-4-434-20239-1

illustration：hyp

家畜保健衛生所に勤務する、いわゆる公務員獣医師の風見心悟。彼はある日突然異世界に召喚され、この世界の人々を救ってほしいと頼まれる。そこは、魔法あり・魔物ありの世界。文明も医学も未発達な世界に戸惑いつつも、人々を救うため、風見は出来る限りのことをしようと決意するのだが……
時に魔物とたわむれ、時にスライムの世話をし、時にグールを退治する!?　医学の知識と魔物に好かれる不思議な体質を武器に、獣医師・風見が今、立ちあがる！

各定価：本体1200円+税

illustration：りす（1巻）／オンダカツキ（2巻〜）

200年間
引きこもっていた
あの
伝説の
魔法使いが
帰ってきた!!
しかも
子供の姿で、
いまさら
魔法学校に
入学!?
1〜3

The Boy Who belongs to Group"B"
Bグループの少年
Sakurai Haruki
櫻井春輝
1~4
累計
10万部!
新感覚
ボーイ・ミーツ・
ガール!
「俺は目立ちたくない!」
実力を隠して地味を装うエセBグループ少年──
助けてしまったのは学園一の
超Aグループ美少女!
中学時代、悪目立ちするA(目立つ)グループに属していた桜木亮は、高校では平穏に生きるため、ひっそりとB(平凡)グループに溶け込んでいた。ところが、とびきりのAグループ美少女・藤本恵梨花との出会いを機に、亮の静かな日常は一転、学校中の注目を集める非常事態に──!?
アルファポリス「第4回青春小説大賞」読者賞受賞作、待望の書籍化!
男達が連続告白!
二刀流で
真剣勝負!

六つ花えいこ（むつはな えいこ）

九州在住。2013年頃よりWEB小説を投稿しはじめる。2015年、本作にて出版デビュー。文、絵、手芸、小物づくりなど、手広く緩く満喫中。

イラスト：なーこ

本書は、「小説家になろう」（http://syosetu.com/）に掲載されていたものを、
改稿・改題のうえ書籍化したものです。

泣き虫ポチ 上 ～ゲーム世界を歩む～

六つ花えいこ（むつはな えいこ）

2015年 3月5日初版発行

編集－宮田可南子
編集長－塙綾子
発行者－梶本雄介
発行所－株式会社アルファポリス
〒150-6005東京都渋谷区恵比寿4-20-3恵比寿ｶﾞｰﾃﾞﾝﾌﾟﾚｲｽﾀﾜｰ5階
TEL 03-6277-1601（営業） 03-6277-1602（編集）
URL http://www.alphapolis.co.jp/
発売元－株式会社星雲社
〒112-0012東京都文京区大塚3-21-10
TEL 03-3947-1021
装丁・本文イラスト－なーこ
装丁デザイン－ansyyqdesign
印刷－中央精版印刷株式会社

価格はカバーに表示されてあります。
落丁乱丁の場合はアルファポリスまでご連絡ください。
送料は小社負担でお取り替えします。

ISBN978-4-434-20333-6 C0093